AYÚDAME MARÍA, TODOS ME VIOLAN

Felipe Arenas Castillo

dizzyemupublishing.com

DIZZY EMU PUBLISHING

1714 N McCadden Place, Hollywood, Los Angeles 90028

dizzyemupublishing.com

Ayúdame María, Todos Me Violan
Felipe Arenas Castillo

First published in the United States
in 2022 by Dizzy Emu Publishing

1 3 5 7 9 10 8 6 4 2

dizzyemupublishing.com

AYÚDAME MARÍA, TODOS ME VIOLAN

Felipe Arenas Castillo

AYÚDAME MARÍA

Felipe Arenas Castillo

Guión original

teléfono: +34 607928560

1. INT. HABITACIÓN DE BURDEL - DIA

En una habitación en penumbras de un prostíbulo en Colombia, está una pareja haciendo el amor, no se distingue bien a las personas que están sobre la cama, se escuchan unos gemidos, no se distingue lo que dice la mujer. La escena se ve todo el tiempo a través de una cortina sin definir bien a las personas.

En la pareja hay una gran diferencia que se distingue dentro de la penumbra, el hombre es muy alto con respecto a la mujer, gordo, grasiento de raza blanca, ella es muy baja con respecto al hombre y es nativa del lugar.

Primer plano del hombre sobre la mujer, como se rozan los cuerpos, se nota que el hombre la aplasta con toda su corpulencia.

Primer plano de la mano pequeña de la mujer trata de quitarse el cuerpo grande de encima, pero le resbala por el sudor y parece que lo acaricia y aprieta por la excitación.

Primer plano del hombre besándole el cuello.

Primer plano de los pies de ambos, los pies de la mujer se agitan por la incomodidad y porque la están aplastando, se nota la diferencia de tamaño.

Primer plano de la mano del hombre acariciándole un seno, es tan grande la mano que le cubre todo el pecho de lado a lado.

Plano general del hombre que se ve sube encima de ella, en la cama para que ella le realice el coito oral, se nota como el hombre le lleva la cabeza hacia sus genitales excitado, se nota más la diferencia de tamaño entre ambos.

Primer plano del hombre que le agarra los pies y se los abre para penetrarla, se sigue sin entender bien los gemidos de la mujer.

Primer plano de la cintura de ambos de como el hombre se mueve y ella desaparece bajo su cuerpo en cada movimiento, se empieza a entender lo que dice la mujer quejándose, no se entiende bien por lo dificultoso que le resulta respirar.

ROSARIO
Me duele... me duele....

Plano general del hombre que la pone en cuatro para penetrarla.

Primer plano del movimiento de la cintura del hombre cuando la penetra, la mujer grita.

CORTE A.

2. INT. JUZGADO - DIA

Primer plano del martillo del juez golpeando con fuerza.

En la sala del juzgado se celebra un juicio por custodia, los presentes en la misma están comentando todo lo que han escuchado.

En una parte está el abogado, detrás de él están sentado Luis de 42 años, Teresa de 39 años, trabajadora de una ONG y una periodista.

En la zona del otro abogado se encuentran sentados, Celestino de 50 años, el padre de Rosario, detrás de él y hablándole al oído está uno de los hombres de la Señora Bárbara, el abogado de la defensa está de pie frente al banquillo de declarar, donde está Julia de 39 años, la madre de María y Luisa.

ABOGADO
¿Estaba usted, en esa habitación, cuando ocurrieron los hechos que narra?

JULIA
No.

ABOGADO
Entonces, ¿como usted lo sabe?

JULIA
Me lo ha contado la niña.

ABOGADO
¿Cómo usted sabe que no está mintiendo?

JULIA
Porque es algo que ella vivió, estaba en ese lugar horrible...

ABOGADO
UD. ha dicho, ese lugar horrible, ¿es cierto?

JULIA
Sí.

ABOGADO
(irónico)
¿Entonces ella quería salir de ese lugar "horrible" a toda costa?

JULIA
Sí.

ABOGADO
Y usted también deseaba que ella saliera de ese supuesto lugar "horrible" lo más rápido posible.

JULIA
Sí.

ABOGADO
Y estará de acuerdo conmigo, que según anteriores declaraciones de otros testigos, es una niña traumatizada y que ha sufrido mucho debido a las condiciones de vida de su familia.

JULIA
Sí, pero no sólo por las condiciones de vida...

El abogado la interrumpe.

ABOGADO
Las preguntas las hago yo usted contesta... entonces quién puede garantizar, que no es una historia inventada por una niña traumatizada, contada por una mujer sensibilizada dejándose llevar por lo que cuenta esa niña.

La sala se alborota con lo que acaba de decir el abogado.

Algunas personas nativas del país están impasibles ante lo escuchado.

El padre de Rosario ni se mueve en su asiento, solamente mira lo ocurrido.

El otro abogado se pone de pie.

ABOGADO 2
Protesto, esa pregunta es para un especialista en psicología, no para este testigo, lo que la testigo cuenta, tiene que ver con los antecedentes para entender la demanda nuestra, además de estar vinculada con la niña en hechos en el lugar al cual se hace referencia.

JUEZ
Denegada, que prosiga la testigo.

CORTE A.

3. INT. HOSPITAL INFANTIL EN ESPAÑA. SALA DE CURAS - DIA

En la sala de curas del hospital se nota la higiene, pulcritud y cuidado con los pacientes, le están haciendo a María de 10 años unas curas vaginales por dolencias que tiene.

La enfermera hace todo lo posible para que a la niña le duela menos.

ENFERMERA
Ya falta poco, vas a ver que rápido terminamos.

En ese momento aparece el doctor y se dirige a la enfermera.

DOCTOR
Tenga cuidado y haga todo lo más delicado posible.

MARÍA
(se queja)
ah... Doctor no llame la atención a la enfermera que esto no es culpa de ella, de todas maneras duele, pero así me curo más rápido.

La enfermera y el doctor se miran sin saber que decir, asombrados por la valentía se encogen de hombros con una sonrisa, cuando la enfermera cura a María, se ve un instrumental limpio.

CORTE A.

4. INT. BURDEL. SALA DE CURAS CLANDESTINA - DIA

Primer plano cuando se retira de entre piernas los instrumentos de cura, se ve el local completamente distinto, descuidado, el ambiente alrededor de la niña no es el mismo.

Es una habitación lúgubre, sin las condiciones de higiene ni comodidad adecuadas, los accesorios de curación contrastan con los del hospital en el que se encuentra María.

Acostada en una camilla se encuentra Rosario, un "doctor" está haciéndoles unas curas vaginales por lo ocurrido con el hombre de la primera secuencia.

El médico va a realizar una cura más, pero sin llegar a tocarla Rosario se lamenta.

DOCTOR 2
Intenta aguantar, falta poco.

El médico prepara una aguja y un hilo para realizar una sutura a la niña.

Rosario se lamenta cuando le hacen las curas, aprieta los labios para que no le salga el grito.

Se escucha el sonido de la puerta que se abre con cierta violencia, Rosario se asusta, panning hacia la puerta.

CORTE A.

5. INT. HOSPITAL INFANTIL EN ESPAÑA. SALA DE ESPERA - DIA

Panning a la puerta de la sala en la cual se encuentra María, entra Julia, la mamá, está muy nerviosa y alterada más de la cuenta.

JULIA
¿Qué tiene la niña?

DOCTOR
Es una recaída de su dolencia.

Julia se pone más nerviosa e intranquila, se mueve todo el tiempo, respira con cierta dificultad.

JULIA
No entiendo, porque va hacia atrás, si le hacemos el tratamiento como es debido.

A Julia le da como un ligero mareo.

DOCTOR
¿Le pasa algo?

JULIA
(respira profundo)
Cuando me altero mucho puedo sufrir un shock diabético emocional, pero sólo en casos extremos.

DOCTOR
Según parece la niña, estaba jugando y se lastimó...

En ese momento María interrumpe en la conversación.

MARÍA
Doctor tenga cuidado no le dé un choque de la azúcar por los nervios.

DOCTOR
Tranquila mamá, ud. Sabe que ella es muy intranquila.

Julia mira a María desafiante entre broma y seriedad.

JULIA
(mirando a María)
A partir de ahora sin moverte hasta que te cures.

MARÍA
Doctor, dígale que no, que también necesito...

María se piensa lo que va a decir para no decir algo que no le conviene.

MARÍA (CONT'D)
... corrrer... saltaaaar... ehhh, que necesito ejercicios para desarrollarme.

El doctor está en el medio de las dos, sin saber que decir.

DOCTOR
(a Julia)
Es verdad que la niña tiene que hacer reposo, hay algunas cosas que no puede hacer pero otras sí.

JULIA
Es un poco difícil, cuando la dejo hacer las cosas que puede, hace las que no debe, y cuando hace las que no debe pasa lo que le pasa.

María se divierte con los gestos y la manera nerviosa de la madre, por detrás de ella la imita.

Julia se da la vuelta y la ve gesticulando.

María disimula como si en ese momento fuera a hablar.

MARÍA
Es que doctor... ella quiere que yo este sin hacer nada.

JULIA
No interrumpas más...

MARÍA
(con chulería)
Es que si no me defiendo, no puedo jugar.

Julia va para donde está María con cara de enfado en broma.

María le sigue el juego y se lleva las manos a la cara, se escucha una voz que llama la atención en mala forma a la niña.

CORTE A.

6. INT. BURDEL. SALA DE CURAS CLANDESTINA - DIA

La niña abre los brazos, es Rosario asustada.

La voz que se escucha es la de la Señora Bárbara, 52 años, la jefa y dueña del burdel, que reprende a la niña.

SEÑORA BARBARA
(grosera y encimándosele)
Deja de lamentarte que esto es por tu bien, si haces las cosas como se te enseñan, no tendrías problemas.

La niña, mira a otro lado porque no puede mantener la mirada de la Señora Bárbara por miedo.

La Señora Bárbara le agarra la cara y la pone de frente a la suya.

SEÑORA BARBARA (CONT'D)
¿Me has entendido?

Rosario se lamenta de la cura, pero reprime el gesto de dolor.

ROSARIO
ah...sí doña.

La Señora Bárbara se gira para el doctor, panning.

CORTE A.

7. INT. HOSPITAL INFANTIL EN ESPAÑA. PASILLO - DIA

Por el pasillo del hospital va el doctor hablando con Julia y una enfermera lleva en un sillón de ruedas a la niña hacia la salida, María va muy complacida.

JULIA
¿UD. Cree que la niña está bien?

DOCTOR
La niña está perfectamente, lo que ocurre es que a veces de jugar tanto, se lástima, pero nada más.

JULIA
¿Esto no le dejara secuelas?

DOCTOR
No se preocupe, creo que ud. debería calmarse más, está demasiado alterada por algo que ha ocurrido otras veces.

JULIA
Eso es lo que me preocupa, que ocurra una y otra vez, además tiene un temperamento difícil de dominar.

DOCTOR
No basta con decir eso y ponerse nerviosa después, trate de lograr que no haga determinados juegos y acciones físicas y la cura será definitiva.

Se abre la puerta de salida.

CORTE A.

8. INT. BURDEL. SALA DE CURAS CLANDESTINA - DIA

Están caminando despacio hacia la puerta de salida la Señora Bárbara con el doctor.

Rosario va delante por sus propios pies y cojeando.

La Señora Bárbara entrega un fajo de billetes al médico.

SEÑORA BARBARA
Aquí tiene doctor, recuerde lo importante de que esto quede entre nosotros. ¿Cuándo estará lista de nuevo?

DOCTOR
En unos días.

CORTE A.

9. INT. CASA DE JULIA. SALON - DIA

Se abre la puerta y Julia entra con María.

JULIA
A la habitación a descansar.

MARÍA
Mamá porfa, déjame quedarme y ayudarte con la comida.

Julia va hacia la cocina y habla desde allí.

JULIA
Vale.

María habla con ingenuidad infantil, escoge el tema para hablar de algo.

MARÍA
¿Cómo terminó lo de los chicos escapados?

A Julia la cara se le transforma, se nota que esa situación le afecta.

JULIA
Nada, encontraron algunos después de llevar unas semanas perdidos, estaban drogad...

Julia traga en seco a medida que habla, la voz se le afecta.

JULIA (CONT'D)
... dijeron que se escaparon, porque se sentían mejor fuera del centro.

Julia va hacia donde está María y le da varios sobres de conserva para que vaya preparando una ensalada intentando que la niña no le vea la cara.

MARÍA
A mí no me parece raro, con lo pesados que son en tu trabajo con los chicos.

JULIA
No hables así, ¿qué sabes tú?

MARÍA
Hay mamá, eso estaba claro, las pocas veces que me llevaste, eso se veía.

A Julia la cara se le pone más triste y tiene que ponerse de espaldas para que no se le vean las lágrimas, respira hondo para que no se le corte la voz antes de hablar.

JULIA
No sabías que fueras tan observadora, eso es más de tu hermana, ¿por qué nunca me dijiste nada?

MARÍA
No sé, como es tu trabajo y eras la jefa, pensé que lo tenías todo controlado.

Julia intenta decir algo pero tiene un nudo en la garganta que no le permite hablar, va hacia la cocina.

MARÍA (CONT'D)
Mamá, tengo una duda, si tú eras la jefa, cómo pudo pasar eso, si siempre dices lo bien que haces el trabajo y tienes tanta preocupación por los chicos.

JULIA
(intenta disimular la voz)
Era... muy difícil ser la directora de un centro social.

MARÍA
¿Mamá te pasa algo?

Julia coge una cebolla, la corta, se asoma a la puerta de la cocina y se la muestra.

JULIA
Es la cebolla.

María se queda pensativa, terminando de hacer la ensalada y Julia muy triste, desconsolada y el llanto en los ojos.

CORTE A.

10. INT. BURDEL. HABITACIÓN - ATARDECER

Rosario habla con Belén, su hermana mayor que también es prostituta y está muy demacrada.

ROSARIO
¿Es verdad que estás muy malita?

BELÉN
Sí, hermanita silvestre, y no sé cuanto tiempo me quede en este lugar, por eso te llamé.

ROSARIO
¿Pide lo que quieras, lo que yo pueda hacer, es todo para ti?

BELÉN
(baja la voz)
Te pido que escapes de aquí.

ROSARIO
(asustada)
Eso es demasiado peligroso, siempre las encuentran, la última vez casi te matan.

BELÉN
Lo más seguro es que muera aquí, porque es aquí donde no se puede estar, nos estamos muriendo, muchas desaparecen sin saber de ellas, eso nos puede pasar a nosotras... además, te llamé para decirte una forma difícil de atraparte...

Rosario asustada le dice que no con la cabeza.

BELÉN (CONT'D)
... no me mires así...

En esos momentos las interrumpe un hombre, agarra a Belén con violencia por un brazo y la levanta.

CORTE A.

11. INT. CASA DE JULIA. COMEDOR - DIA

Llegan a la casa; Luis el padre de María y Luisa la hermana menor de María.

Inmediatamente Luisa corre hacia donde está la hermana, las dos se abrazan con mucho cariño.

Luis y Julia se besan y las miran orgullosos, Luis nota que Julia ha llorado, le hace señas y van para la cocina.

María y Luisa están sentadas una al lado de la otra, a Luisa se le nota asustada y temerosa.

LUISA
(asustada la acaricia)
¿Qué tienes?

MARÍA
Lo de siempre, el chichi con problemas.

LUISA
¿Te dijeron algo malo en el médico?

MARÍA
No... bueno, sí.

LUISA
¿Qué?

MARÍA
(baja la voz)
Le dijeron a mamá, que no puede dejarme hacer algunas cosas.

Luisa se ríe.

LUISA
Muuuy malo, eso te pasa por cabezotas, si de una vez, te aguantaras, te quitabas de arriba a mamá.

MARÍA
Si señorita abogada, no soy como tú que tienes miedo hasta de pincharte con un lápiz.

LUISA
Tal vez tengas razón, pero por mi culpa no van a suspender el viaje de vacaciones a Colombia.

MARÍA
No digas tonterías, ¿Quién te dijo que por mi culpa lo van a suspender?, el viaje es cuando tu cumpleaños y hay tiempo para curarme.

Luisa se burla de la hermana con gestos refinados.

LUISA
Yooo, la abogada, al menos descansaré de ti el tiempo que estés sin moverte.

María le habla bajo e intenta agarrarla.

MARÍA
Eso te crees, deja que te coja.

María la agarra por un brazo y Luisa se queja.

LUISA
No seas ruda, que me haces daño.

MARÍA
Qué me dices.

LUISA
Que no seas, bruta, salvaje, animal, que me haces daño.

En ese momento María ve un morado que tiene en el antebrazo.

MARÍA
¿Y ese morado que tienes en el brazo?, déjame verlo.

Luisa intenta ocultarlo y se pone de pie fuera del alcance de María.

LUISA
No, que me quieres atrapar.

MARÍA
De verdad que no.

LUISA
Te creo, pero no me voy acercar.

MARÍA
ok, ¿cómo fue?

LUISA
(improvisando)
Resbalé jugando en la escuela y al tratar de apoyarme me di un golpe con la pared, con el canto de la pared.

María la mira con cara incrédula.

CORTE A.

12. INT. CASA DE JULIA. COCINA - MOMENTOS DESPUÉS

En la cocina Luis y Julia continúan conversando, este la ayuda a preparar la comida.

LUIS
Si la niña no tiene nada, ¿qué te pasa?

JULIA
¿A mí? nada.

LUIS
Por favor, llevamos algunos años juntos para que quieras ocultarme algo tan evidente.

Julia deja de preparar la cena, se derrumba en si misma.

JULIA
Estaba hablando con María de mi trabajo, y salió el tema de lo sucedido con los chicos.

LUIS
Si sabes que te hace daño, ¿para qué hablas de eso?

JULIA
Ella me preguntó, es muy curiosa y algo dentro de mí no quiso esquivar el tema.

Luis intenta pasarle la mano por la cabeza.

JULIA (CONT'D)
No me trates con lástima, quizás por eso hable con la niña...

Julia respira profundo, se le salen las lágrimas, Luis se le acerca.

JULIA (CONT'D)
... me he dado cuenta que soy más culpable de lo que parece.

LUIS
Vamos, ¿por qué dices eso?

JULIA
La niña me dijo que las veces que fue conmigo, vio como trataban mal a los chicos y no fui capaz de darme cuenta, ocurría todo delante de mis ojos y no lo vi.

LUIS
En la investigación se demostró que no tuviste nada que ver.

JULIA
Qué tiene que ver la investigación con mi conciencia, yo era la jefa.

LUIS
Todo lo hacían a tus espaldas.

JULIA
¿Y qué?, ¿para qué era la jefa?, para no darme cuenta de los problemas, cinco chicos fueron maltratados y escaparon por no hacerles caso, terminaron entre drogas, prostitución...

Julia rompe a llorar y Luis la abraza.

JULIA (CONT'D)
... y lo peor es que me habían pedido ayuda, ¿cómo crees que me puedo sentir?

LUIS
No te tortures, fuiste sancionada por eso, perdiste el cargo...

JULIA
(Interrumpiéndolo)
Hay cosas que no se pueden borrar y lo peor, no se pueden arreglar.

CORTE A.

13. INT. BURDEL. HABITACIÓN - ATARDECER

Rosario escondida escucha como maltratan a Belén en la habitación de al lado.

La Señora Bárbara está con uno de sus secuaces que agarra a Belén por un brazo.

SEÑORA BARBARA
Cómo te le vas a revirar a un cliente de esa manera, no ves que es él quien paga, tú llevas aquí bastante tiempo, y sabes como es esto.

BELÉN
Me golpeaba y mordía duro.

La Señora Barbara la abofetea.

SEÑORA BARBARA
Tú no eres nueva, estúpida, casi jodes el negocio en la noche.

Rosario temblorosa y con miedo entra en la habitación y se arrodilla delante de la Señora Bárbara agarrándole los pies.

ROSARIO
Por favor, no la pegue más, se lo suplico, trabajaré más sin hace falta, por favor, por favor.

SEÑORA BARBARA
Fuuera de aquí.

El sicario va a golpear a Rosario.

Belén con la poca energía que tiene se pone por el medio y el golpe lo recibe ella.

Rosario abraza con más fuerza los pies de Doña Bárbara sin parar de suplicar temblorosa.

El sicario la saca a arrastras de la habitación.

CORTE A.

14. INT. CASA DE JULIA. HABITACION DE LAS NIÑAS - DÍA

Amanece, en la habitación de las niñas entra Julia que despierta a María.

Luisa se despierta y levanta con mucha alegría en espera de un saludo efusivo.

LUISA
Buenos días.

Julia la saluda con saludo un poco frío y le hace señas a María para que haga lo mismo.

JULIA
Buenos días, feliz cumpleaños y rápidito para no llegar tarde al cole.

MARÍA
Feliz cumpleaños.

Julia y María salen de la habitación.

Luisa se levanta despacio un poco triste, se queda con deseos de que el saludo fuera más alegre.

CORTE A.

15. INT. BURDEL. HABITACIÓN - DÍA

Amanece, Rosario se levanta de su cama y camina a escondidas para que nadie la vea, el resto de sus compañeras de habitación están dormidas.

Antes de salir de la habitación coge una escoba que tiene escondida debajo de su cama.

Unos de los hombres del burdel viene por el pasillo.

Rosario disimula asustada como si estuviera barriendo hasta que pasa por su lado el hombre.

Entra en el baño y se encuentra con Belén más demacrada, con algunas marcas de golpe, le cuesta trabajo hablar, habla bajo y vigilando siempre detrás de la puerta por si alguien las puede escuchar.

BELÉN
Como te dije, tienes que escapar, es la mejor solución...

Rosario angustiada va a decir algo pero la hermana le pone la mano delante de la boca.

BELÉN (CONT'D)
... no digas nada escúchame, cuando logres salir, nunca vayas a la policía, muchos son amigos de los de aquí, trata huir de noche, y lo más rápido posible, tampoco vayas a casa de papá, si estás muy apretada, intenta unirte a una familia de occidentales, si es posible que tengan niños y diles que te lleven a una ONG o prensa occidental y cuentas todo.

ROSARIO
Y si me atrapan, ¿qué puede pasar?

Belén baja la cabeza, no se atreve a responder.

ROSARIO (CONT'D)
Es verdad lo de los cigarrillos encendidos...

A medida que habla Belén le agarra la mano suavemente a Rosario.

Rosario se resiste, pero se deja agarrar la mano por las cicatrices en la palma de la mano y en los pies de Belén.

BELÉN
Puede que te ocurran o no, no quiero que te asustes pero tampoco quiero que me recuerdes como una hermana mentirosa, también te digo que aquí seguro terminas mal, ya sea por lo que hacemos o por lo que nos hacen la Señora Bárbara y su gente.

ROSARIO
Pero no te quiero dejar aquí, estás muy enferma.

Belén no sabe que decir, le coge la mano, en ese momento le viene una idea a la cabeza.

BELÉN
Aquí dentro no me puedes ayudar, pero si sales, puedes hacer que alguien me ayude, qué te parece.

Rosario baja la cabeza con resignación.

CORTE A.

16. EXT. PATIO DE LA ESCUELA - DÍA

Es la hora de la salida, Luisa esta saliendo, va con una amiga, busca con la mirada y escondiéndose entre los demás que salen, no se da cuenta que tiene a su lado a un niño que se le acerca.

Juan, un niño abusador de 10 años al lado suyo que la mira.

Luisa al verlo se asusta y trata de disimular, se toca el brazo donde tiene el morado y le habla a la amiga.

LUISA
En la dirección nos dijeron, que quien buscara problemas, iban a llamar a los padres.

En ese momento Juan capta el mensaje, hace como que va a saludar a un amigo y la empuja, aparentado un accidente.

Luisa se recupera del empujón y se agacha para recoger sus libros que han quedado esparcidos por el suelo.

En ese momento llega María y se le une para ayudarla a recoger los libros, Luisa se siente más tranquila.

Luisa ve que Juan a girado y va hacia ella, se asusta.

María se da cuanta y mira en la dirección que ha mirado Luisa y ve que Juan se acerca.

Juan se acerca de frente fingiendo despiste pero buscando chocar con Luisa.

María lo mira fijo y sin miedo.

Juan cuando va a cruzarse con ellas, hace como que va a saludar a un amigo y tropieza adrede con Luisa que se queja del golpe, pisa los libros de Luisa y habla con chulería.

JUAN
Perdón.

María al ver a Luisa en el suelo y adolorida no se aguanta y le va para encima a Juan, comenzando la pelea.

Cuando María intenta acercarse a Juan, este la empuja hacia un lado haciéndole perder casi el equilibrio quedando cerca de Luisa.

LUISA
Deja eso que no vale la pena.

Luisa intenta coger por un brazo a María para evitar la pelea,

María se suelta con un movimiento brusco y va de nuevo hacia donde está Juan.

Juan la vuelve desequilibrar pero con un golpe más duro por el hombro.

Luisa intenta detener a la hermana poniéndose delante.

María la agarra por los hombros y la aparta.

MARÍA
Déjame, no tengas miedo.

María va hacia Juan.

Cuando este intenta golpearla ella se quita quedando él en desequilibrio.

María logra acercarse y darle una patada en los testículos.

Juan se queda doblado del dolor.

María lo empuja con un traspiés.

Juan cae boca abajo, cuando intenta levantarse, María se le sube en la espalda, le agarra un brazo y los dedos y se los dobla hacia atrás, quedando inmovilizado y adolorido.

MARÍA (CONT'D)
¡Pídele! Perdón a mi hermana.

Juan no dice nada y María le aprieta más el brazo.

JUAN
Perdón.

MARÍA
Qué no la vas a molestar nunca más.

JUAN
Lo juro.

MARÍA
Cumple, porque puede ser peor.

Llega una auxiliar y quita a María de encima de Roberto, la coge por una mano y espera a que Roberto se termine de levantar.

AUXILIAR
Ahora para la dirección.

María estira el brazo por donde la tiene agarrada la auxiliar para acercarse a Luisa y hablarle por lo bajo haciendo un guiño de complicidad.

MARÍA
Este es mi primer regalo de cumpleaños.

Se la llevan de la mano para la dirección.

CORTE A.

17. EXT. ESCUELA. SALIDA - MOMENTOS DESPUÉS

Luis va por la acera hacia el coche con las niñas.

LUIS
No sé que decir, de esta manera María va a ser muy difícil que te puedas recuperar.

MARÍA
Fue una pelea para defenderla, yo no empecé, gané pero fue ... yo no busqué el problema.

Luis va decir algo, pero inmediatamente Luisa lo corta y se le pone delante antes que empiece a hablar, los tres se detienen.

LUISA
Ya te he dicho que es un chico que siempre abusaba conmigo y otros más y ella le dio su merecido, así, que no tienes porque llamarle la atención, al no ser que pienses que ella, mi hermana no debe defenderme, que es todo lo contrario a lo que tú dices, que debemos defendernos la una a la otra.

LUIS
Pero nunca te veo a ti en una pelea.

LUISA
Porque mis armas son otras, eso es que nunca has visto la cantidad de problemas de los que la he sacado usando mis palabras.

LUIS
Qué problemas son esos.

Luisa se ha dado cuenta que ha hablado de más, rápidamente mira a la hermana que le abre los ojos.

MARÍA
Tú eres la que sabes hablar.

LUISA
No he dicho nada papá, hablaba de... los deberes de lengua.

Luis no sabe que decir se ríe y van a empezar a caminar.

En ese momento se acerca de frente el padre de Juan, un hombre muy corpulento, con este de la mano.

PADRE DE JUAN
Me dijeron que su hija golpeo a mi hijo.

LUIS
(calmado)
Si, tengo entendido eso, pero es que su hijo abusaba de mi otra hija.

PADRE DE JUAN
(exaltado)
Pero es que esto no puede quedarse así, ¿qué piensa hacer usted al respecto?

LUIS
Llevarme mis hijas a casa, en la escuela ya se habló del tema.

PADRE DE JUAN
(sorprendido por la respuesta)
Para la próxima, esto tomará otro camino, porque le voy a decir que le pegue, que no respete que es una niña.

LUISA
Su hijo es un abusador.

PADRE DE JUAN
Abusador y le hicieron esto.

LUIS
Ud. no ve que su hijo es más grande, esto es un problema de niños, no lo convirtamos en algo personal.

PADRE DE JUAN
(a Juan)
A partir de ahora todos sabrán quienes somos nosotros, la próxima vez le pegas como te he dicho que se hace, a cualquiera.

En el momento que el padre de Juan le habla al hijo, Luis al ver la actitud del hombre se empieza a molestar y se le encara al padre de Juan molesto y cambiando el tono de voz.

LUIS
Es mejor que no enseñes a tu hijo a ser abusador...

Luisa se asusta e intenta ir hacia el padre para decir algo.

María la detiene y le pone la mano en la boca antes que diga algo.

Luis da unos pasos hacia el padre de Juan.

LUIS (CONT'D)
... porque me parece que esto lo quieres convertir en algo contra mis hijas y entonces las consecuencias pueden ser otras.

El padre de Juan se queda en el lugar sin moverse y muy enfadado, le habla al niño.

PADRE DE JUAN
Vamos.

Juan y el padre se marchan, las niñas asombradas hablan con el padre.

LUISA
Papá, nunca te he visto así, eres apático, muermo...

MARÍA
Si un poco como una flema así de tranquilo.

LUIS
Ya sé lo que quieren decir, es que ustedes nunca han estado en peligro, en ese caso, todo cambia.

Las niñas se miran asombradas, van al coche y se van.

CORTE A.

18. INT-EXT. CASA DE JULIA - DÍA

Llega el coche a la casa, los tres se bajan.

LUISA
Papá, no sé porque te has demorado tanto en llegar a la casa, diste tremenda vuelta, después fuiste a comprar, que raro.

Luis le hace señas a María que se quede detrás.

LUIS
Vayan entrando en la casa.

Luisa entra la casa, la ve aparentemente vacía, las luces apagadas, todo cerrado, en el momento que llega al comedor, se enciende la luz y un grupo de gente alrededor de una tarta.

GRUPO
¡¡Felicidades!!

La mamá se le acerca, le da un beso y la abraza dándole muchos besos más.

JULIA
¡¡¡Sorpresa!!!, ¿pensabas que no nos interesaba tu cumpleaños?

Luisa se abraza a la madre.

Se acerca María con un regalo en la mano y le da otro abrazo.

Luis se agacha al lado de ellas y también le da muchos besos con otro regalo en la mano, le hace señas que vaya hacia la tarta donde está el grupo esperándola.

Luisa corre a dejar la mochila de la escuela encima de una silla con mucho cuidado.

María deja su mochila en el suelo sin tener cuidado.

Luisa corre hacia la tarta, cuando llegan el grupo empiezan a cantarle felicidades, hasta que sopla la vela y se apaga la última en primer plano.

CORTE A.

19. INT. BURDEL. HABITACIÓN - ATARDECER

En otra habitación una vela se termina de apagar por la brisa que ha entrado por la ventana.

Rosario se está despidiendo del cuerpo de Belén que ha muerto, le hace un rezo final, se sienten unos pasos, se asusta y sale antes que entre la persona.

Cuando está saliendo ve a través de la cortina que llega el padre con el hermano menor Carlos de 6 años.

Berta, la asistente de la Señora Bárbara deja a Carlos en una habitación.

Rosario se pone a vigilar la habitación a la que han llevado el hermano hasta que sale Berta y lleva al padre para hablar con la Señora Bárbara.

Rosario corre asustada para la habitación donde está el hermano.

CORTE A.

20. INT. BURDEL. HABITACIÓN - MOMENTOS DESPUÉS

Rosario entra en la habitación donde está el hermano con miedo que la descubran.

ROSARIO
¡Carlos!

CARLOS
¿¡Rosario!?

Rosario corre hacia el hermano y llora, Carlos le responde el saludo con alegría.

CARLOS (CONT'D)
Qué grande estás.

Rosario lo toca y lo acaricia con mucho cariño y vehemencia.

ROSARIO
Tú también estás grande, si sigues así serás de los más grande del pueblo.

CARLOS
Ojalá, me quede con ganas de poder seguir jugando quién es el más fuerte, seguro que dentro de poco te gano, sabes algo de Belén.

Rosario se queda sin saber que decir, aguanta las ganas de llorar dentro de la alegría de ver al hermano.

ROSARIO
No, hace mucho que no sé de ella, ¿Qué haces aquí?

CARLOS
Papá me trajo para que otras personas me cuiden, dice que voy a tener una vida mejor.

Rosario se asusta, intenta que Carlos no lo note.

ROSARIO
¿En este lugar?

CARLOS
Dice papá, que la señora de aquí me va a buscar un lugar con personas que conoce, además, ustedes no han ido más a la casa a pasar hambre.

Rosario agarra la cara del hermano y la acaricia con ternura y los ojos se le llenan de lágrimas, mira a su alrededor, le habla al hermano por lo bajo, al darse cuenta del lugar donde está, le aumenta el miedo.

ROSARIO
Eso es mentira, la doña, va a hacer es que vengan otros hombres yyyyyy.... te hagan lo que hacen los perros.

CARLOS
Mentira, eso lo hacen los perros a las perras, yo soy macho y no tengo hueco para que me hagan eso.

Rosario habla más bajo acercándose más al hermano para que nadie la pueda oír.

ROSARIO
Es verdad, yo no soy una hermana mentirosa, yo lo he visto, si yo vivo aquí, desde que papá me cambió a la doña por dinero.

CARLOS
Eso es mentira, papá me dijo que es difícil para él, pero me trae para tener una vida mejor, papá me va a decir la verdad.

Carlos se separa de ella molesto y camina hacia la puerta.

Rosario con mucho miedo va hacia él, lo coge por los hombros y lo pone de frente a ella.

ROSARIO
No lo hagas por el dios bueno, yo te creo, yo te creo, de verdad.

Carlos se le queda mirando serio sin hablar, pero menos enfadado.

CARLOS
Tú siempre quieres ganar, ¡¡papá!!

Grita llamando al padre, inmediatamente Rosario le tapa la boca y forcejean.

A los pocos segundos en la habitación entran el padre y la Señora Bárbara.

Rosario no sabe que decir, pero no suelta la boca del hermano que lo tiene delante de ella con la espalda pegada a su cuerpo inmovilizándolo para que no se mueva ni pueda hablar.

ROSARIO
Estaba saludando a mi hermano, yo no quería que los molestara... pero quería pedirles si se queda aquí... si es posible...

Rosario los mira tratando de salir del problema, mira a la Señora Bárbara pero no es capaz de mantener su mirada, entonces mira la padre.

ROSARIO (CONT'D)
... que esta noche duerma conmigo, hace mucho que no lo veo...

Nadie dice nada, todos se quedan en silencio.

ROSARIO (CONT'D)
... di que sí papá, por todos los ángeles buenos, Señora Bárbara,
(mira al hermano)
verdad que sí Carlos.

Carlos está indeciso y agarrado entre los brazos de Rosario sin poder moverse

Rosario disimuladamente le mueve la cabeza en señal de afirmación, el padre mira a la Señora Bárbara.

SEÑORA BARBARA
Está bien, así el niño podrá ver, lo bueno que somos aquí.

Rosario le da un beso al hermano y disimuladamente suelta un resoplido de alivio, lo gira y lo pone de frente a ella, lo abraza con fuerza y le habla al oído muy bajo.

ROSARIO
Por favor no digas nada, por favor no digas nada, te lo suplico no digas nada.

Lo abraza con más fuerza temblando por lo que pueda decir el hermano.

CORTE A.

21. INT. CASA DE JULIA. HABITACION DE LAS NIÑAS - NOCHE

Están María y Luisa sentadas cada una en su cama, la cama de Luisa está llena de los regalos por el cumpleaños.

MARÍA
¿Te gustó el cumpleaños?

LUISA
Si mucho, ¿de quien fue la idea de la fiesta sorpresa?

MARÍA
Mía, viste listilla, no te diste cuenta de nada, pero a que te han hecho muchos regalos.

LUISA
Pues sí, y muy bonitos.

MARÍA
No sé como te pueden gustar esos regalos que se rompen con facilidad y esa ropa siempre con colores de muñeca, pareces un maniquí.

LUISA
Que yo sea una chica exquisita con el alma refinada y modales elegantes, no como tú, no me hace menos.

MARÍA
Depende para qué, esos regalos son bonitos para ti y hortera para mí, pero son tuyos y siempre te ayudaré a que los tengas.

LUISA
Gracias, pero no sabes cuál es el que más me gusta.

MARÍA
Los cien euros del abuelo

LUISA
No.

MARÍA
La entrada al parque de diversiones.

LUISA
No.

MARÍA
Toda la ropa que te regalaron abuela y mamá.

LUISA
No.

MARÍA
Me rindo, esto de adivinar es aburrido.

LUISA
El primero que me hiciste tonta, ese es el mejor regalo, el que más me gusta.

MARÍA
Quieres que te diga la verdad...

Luisa pone cara de asombro.

MARÍA (CONT'D)
... a mí no mucho.

LUISA
¿Por qué?

MARÍA
Porque el Juan ese pega duro.

Se lamenta un poco e inmediatamente Luisa cruza para la cama de María y comienza darle masaje y acariciarla.

LUISA
¿Dónde te duele?

MARÍA
En muchos lugares, pero si por eso vas a estar bien, que importa, ya se quitarán.

Luisa la abraza y ambas se acuestan en la misma cama.

LUISA
A dormir que nos vamos de viaje.

Luisa apaga la luz, la habitación queda en penumbras, solo entra la luz de la ventana con la luna de fondo, en ese momento se ve una sábana con nudos caer por la ventana y la silueta de Rosario con el hermano a la espalda bajando por la sábana, se escucha el ruido de la puerta al abrirse con violencia.

CORTE A.

22. INT.-EXT. BURDEL. HABITACIÓN - NOCHE

En la habitación de Rosario, entran dos hombres violentamente, y se asoman a la ventana.

Rosario está bajando por una sábana con el hermano agarrado en la espalda.

Los hombres empiezan a halar la sábana hacia arriba.

Con la luna de fondo la silueta de Rosario y el hermano empieza a subir.

Rosario empieza a bajar la sábana más rápido.

Los hombres también aumentan el ritmo de tirar de la sábana.

Rosario le habla al hermano.

ROSARIO
Cierra los ojos.

Rosario se deja caer y sale corriendo cojeando un poco con el hermano a la espalda.

Por la puerta del burdel salen unos hombres para persequirla pero se les pierde en la oscuridad.

CORTE A.

23. INT.-EXT. AEROPUERTO DE COLOMBIA - DÍA

Amanece, Julia y familia están saliendo del aeropuerto, las niñas están admiradas por el viaje.

LUISA
Así que este es el país donde hay más mariposas.

LUIS
Bueno, este es el país donde hay más especies de mariposas.

Cogen un taxi y dentro van conversando y mirando la cuidad.

CORTE A.

24. EXT. CALLE DE COLOMBIA.TAXI - DÍA

MARÍA
¿Dónde están las mariposas y todos los animales que dicen que hay aquí?

JULIA
No desesperes, que para eso tenemos que irnos de excursión.

TAXISTA
Estamos llegando al hotel.

El taxi va muy despacio por el tráfico, Julia mira hacia el hotel y nota una situación tensa.

Por la acera cerca a ella ve a una mujer joven de rasgos europeos con una niña de rasgos del país, que caminan escondiéndose entre las personas, mirando por si alguien las sigue, miran hacia la acera de enfrente y se esconden.

En la acera de enfrente hay tres hombres que avanzan buscando a la mujer y la niña, las pierden de vista y miran hacia la acera por donde van ellas.

Cerca del hotel al que se dirigen Julia y la familia está un hombre indicándole a los hombres de la acera de enfrente hacia donde fueron la mujer y la niña.

Los hombres pasan cerca del lugar donde están la mujer y la niña, rozando con ellas, no las ven por el paso de los transeúntes y la prisa que llevan.

La mujer y la niña aprovechan para acercarse al hotel un poco más.

El hombre que está en la acera de enfrente las ve entre el gentío y las pierde de vista muy rápido pero le hace señas a los perseguidores para que den la vuelta.

Los hombres dan la vuelta y empiezan a acercarse a la mujer y la niña.

En la entrada del hotel están hablando Roberto, el gerente y Basilio un policía que miran a su alrededor tratando de hallar a la mujer y la niña, el policía le hace señas que va buscar y se marcha por el lugar opuesto al que vienen la niña y la mujer.

Roberto empieza a buscar en el lado opuesto al que fue el policía, va hacia donde están los mafiosos pasando a su lado.

El hombre que está en la acera de enfrente va hacia el hotel y se acerca para tener mejor visión.

Roberto en ese momento pasa por el lado de la mujer, esta lo agarra por un brazo hacia donde ella está.

Roberto se sorprende y la mujer le hace señas hacia donde están los hombres que la persiguen.

Roberto se pone en el campo de visión de los hombres.

Julia, desde el taxi que está llegando al hotel mira lo ocurrido.

El hombre que le da el aviso a los perseguidores, no puede distinguir bien lo que sucede debido a la distancia y el movimiento de los transeúntes.

El gerente camina hacia donde están los tres hombres.

El taxi llega a la entrada del hotel.

El hombre que está frente al hotel mira lo que está ocurriendo.

Roberto tropieza con los tres hombres fingiendo molestia.

ROBERTO
Tengan cuidado por donde caminan.

La mujer con la niña aprovechan ese momento para pasar por detrás de los tres hombres mezclada entre la gente.

El chivato ve a la mujer y a la niña y hace señas a los perseguidores.

Los perseguidores no pueden ver las señas porque Roberto les entretiene, lo dejan y siguen buscando a la mujer con la niña.

Julia se da cuenta que pueden descubrir a la mujer y a la niña y le habla al taxista.

JULIA
Pare.

TAXISTA
Falta poco.

JULIA
¡¡¡pare!!!

Julia abre la puerta apresurada, el taxi se detiene.

LUIS
¿Qué pasa?

JULIA
Nos bajamos aquí mismo, abra el maletero.

Julia se baja del taxi, va rápido hacia la acera y se para delante hombre para taparle la visión.

Roberto pasa por al lado de Julia y del hombre, se detiene en la puerta del hotel buscando con la mirada a la mujer y a la niña que no han llegado al hotel.

El chivato le hace señas a los perseguidores pero estos no lo pueden ver porque Julia les tapa la visión.

Roberto ve a la mujer y a la niña que se están escondiendo detrás de un kiosco porque los hombres están muy cerca y tienen miedo salir.

Los hombres dan unos pasos contrarios al hotel.

La mujer y la niña van hacia el hotel muy apuradas.

El hombre se mueve para tener mejor ángulo de visión y se para al borde de la acera.

Julia al darse cuenta del movimiento llama a las niñas.

JULIA (CONT'D)
Niñas vengan hacia aquí.

Julia mira al lugar por donde deben venir la mujer y la niña, ella camina de espaldas al hombre hacia su posición, coloca a las niñas hacia el centro de la acera, le habla al hombre tropezando con él.

JULIA (CONT'D)
Permiso.

Julia lo obliga a colocarse hacia la calle para que pierda visión mirando que la mujer y la niña se acercan.

Roberto observando la situación se da cuenta de la ayuda de Julia.

Luis está bajando las maletas.

Julia se ha parado delante del hombre y lo ha rodeado con las niñas para que no se pueda mover.

Los mafiosos están mirando hacia el hotel buscando.

La mujer y la niña acercándose al hotel.

Roberto está ansioso por la cercanía de la mujer y la niña.

El hombre con la mano en alto, con el dedo índice la señala a los mafiosos donde están la mujer y la niña.

Los mafiosos corren hacia ellas cortando rápidamente distancia.

Roberto se asusta al darse cuenta de lo que sucede sin saber que hacer.

Julia mira por donde vienen la mujer y la niña y a los mafiosos que los tiene muy de cerca, en ese momento mira a Luis.

JULIA (CONT'D)
¡¡¡Luis!!!

LUIS
¿Qué pasa?

Julia sin saber que decir camina hacia él con las niñas de la mano haciendo gestos con el cuerpo dando tiempo a que la mujer y la niña pasen por al lado de él.

Roberto mira a la mujer y la niña ya próximas para que lleguen al hotel pero los mafiosos muy cercanos a ellas.

En el momento que la mujer y la niña pasan por al lado de Luis hacia el hotel, Julia con una niña en cada mano se coloca en el camino donde deben pasar los mafiosos y le grita a Luis.

JULIA
¡¡Luis las maletas!!

Julia mira que los mafiosos están muy próximos y va hacia Luis soltando a las niñas y cogiendo una de las maletas haciendo que Luis con dos maletas más se coloque al lado de ella bloqueando el paso.

JULIA (CONT'D)
Apúrate que las niñas se hacen pis.

Las niñas se miran asombradas.

Los mafiosos al ver a Julia y Luis con las maletas en su camino intentan rodear por donde están las niñas.

Julia rápidamente reacciona y se dirige hacia ellos soltando las maletas, para evitar que choquen con las niñas, se interpone entre las mafiosos y las niñas, levanta las manos hacia ellos haciendo que se detengan en seco.

JULIA (CONT'D)
Un momento que le pueden hacer daño a las niñas.

Los hombres se detienen.

Roberto al ver que la mujer y la niña logran entrar al hotel, va hacia donde están Julia y los mafiosos.

ROBERTO
¿Ocurre algo?

JULIA
Creo que no.

ROBERTO
No molesten a los clientes.

Los mafiosos se les encaran.

Julia se asusta y retrocede tres pasos agarrando a las niñas de la mano.

Luis se acerca y se coloca de delante de Julia y las niñas protegiéndolas con su cuerpo sin dejar de mirar a los mafiosos.

LUIS
¿Hay algún problema?

Llega Basilio, el policía que había estado hablando con Roberto y se encara a los mafiosos.

BASILIO
¿Hay algún problema?

Los mafiosos lo miran con respeto y se van.

Roberto se dirige a Julia.

ROBERTO
Muchas gracias.

Luis coge las maletas y va para el hotel.

Julia va a coger su maleta pero Roberto coge la maleta y la lleva hacia el hotel.

CORTE A.

25. INT. BURDEL. OFICINA DE SEÑORA BARBARA - DÍA

La Señora Bárbara está hablando con sus hombres.

SEÑORA BARBARA
Hay que encontrar a la niña con el hermano, mucho dinero que nos han costado y mucho más que hay que sacarle y evitar problemas.

SICARIO 1
No hemos podido dar con ella.

SEÑORA BARBARA
Si quieren desaparecer, para eso estamos nosotros, y que sea cuando queramos... me enteré que esta mañana lograron llevarse a una "chiquilla" de otro negocio, cerca de ese hotel... por eso, si no la cogemos, esto le puede servir de ejemplo a otras que quieran hacer lo mismo y el negocio se pondría más difícil, ya saben, quiero resultados, no es la primera vez que hacemos esto, andando.

Los hombres están saliendo, la Señora Bárbara se queda pensativa, llama a unos de los hombres.

SEÑORA BARBARA (CONT'D)
Ve a casa del padre y vigila el día de hoy, para ver si han ido por allí o si van.

CORTE A.

26. EXT. BASURERO - DÍA

En un basurero, ser mueven unos cartones y asoma la cabeza Rosario con temor a que la puedan descubrir, más atrás lo hace el hermano.

CARLOS
Tengo hambre.

ROSARIO
Aguanta un poco más.

CARLOS
Es que hace casi dos días que no comemos nada, porque nos vamos a casa de papá, a lo mejor él tiene algo de comida.

ROSARIO
No, porque él le puede avisar a esa gente y volvernos a llevar a ese lugar.

CARLOS
¿Para qué me dijiste que viniera contigo?, a lo mejor con esa señora hubiera comido algo, ella me dio comida cuando llegué.

ROSARIO
(se desespera)
Está bien, hoy si voy a encontrar comida.

CARLOS
Eso dijiste ayer.

ROSARIO
Espérame aquí, si no traigo comida, vamos a donde tú quieras, pero no puedes moverte de aquí, porque si te ven y nos cogen, la pasamos mal, ¿me vas a esperar?

Carlos afirma con la cabeza, Rosario sale caminando.

CORTE A.

27. INT. HOTEL. VESTIBULO - DIA

Julia y la familia están en el vestíbulo del hotel preparados para salir.

Por un pasillo viene Teresa, la mujer que huía junto con la niña.

Roberto saliendo de una oficina al lado de la recepción acompañado de su hombre de confianza llama a Teresa yendo al encuentro de Julia.

ROBERTO
(señala a Julia)
Te presento a...

JULIA
Mucho gusto Julia, soy española.

TERESA
Yo también, me llamo Teresa, ¿de donde eres?

JULIA
Soy de Madrid ¿y tú?

TERESA
Asturiana, llevo cinco años trabajando aquí.

JULIA
(señala a la familia)
El es Luis y ellas María y Luisa.

LUIS
Mucho gusto.

MARÍA
Hola.

LUISA
Hola.

ROBERTO
(le habla a Teresa)
Nos ayudó para que ustedes pudieran entrar al hotel.

TERESA
Muchas gracias, cualquier cosa que necesites, ya sabes.

JULIA
¿Qué pasaba realmente?

ROBERTO
Teresa es trabajadora en una ONG que lucha contra la prostitución infantil, lo que viste fue un robo en toda regla a la mafia.

Julia pone cara de asombro.

Luis pone serio.

María tiene cara de pícara y asombro.

Luisa pone cara de susto y preocupación.

JULIA
¿No hay quien ayude, el estado no hace nada?

ROBERTO
Es complicado, hay muchas ganancias y corrupción alrededor de todo esto, viste el policía que nos ayudó, es de los muy pocos que lo hace a conciencia, ¿van de paseo?

JULIA
Sí.

ROBERTO
Disfrútenlo que la casa invita a comer y cenar.

TODOS
Gracias.

CORTE A.

28. EXT. CALLE - DIA

Rosario va por la calle mirando atentamente, ve a un turista occidental solo y un poco apartado, se le acerca con discreción, le habla bajo.

ROSARIO
Señor.

TURISTA
¿Qué deseas?

Hace gesto de su bragueta y la boca de ella.

ROSARIO
Por cinco dólares.

TURISTA
(estupefacto)
Qué dices, si eres una niña.

ROSARIO
Se hacerlo muy bien.

TURISTA
Deberías ir con tus padres...

ROSARIO
Se hacer más cosas si me da más.

Rosario con discreción hace gesto de fornicar con la cintura.

El turista asombrado empieza a sacar un billete de veinte dólares.

TURISTA
Te voy a dar veinte dólares.

Rosario abre los ojos, tratando de contener la expresión de júbilo, hala al turista por una mano para intentar llevarlo a un lugar apartado.

ROSARIO
Vamos para allá.

El turista tira de su mano para que lo suelte.

TURISTA
Nooo, son para ti, coge y vete.

Cuando Rosario intenta coger el dinero aparece la esposa del turista por sorpresa.

ESPOSA DE TURISTA
¿Qué haces dándole dinero a esa niña?

TURISTA
Creo que lo necesita.

ESPOSA DE TURISTA
No hay más nadie por aquí, muchos son estafadores que andan en grupo, deberías llamar a la policía.

Rosario al escuchar la palabra policía se asusta.

ROSARIO
Por favor la policía no.

Rosario le arrebata el dinero de la mano el hombre y hecha a correr.

La esposa se altera, pero el esposo la calma agarrándola por un brazo.

TURISTA
Déjala, que le había dicho que se lo iba a dar, no vez el aspecto que tiene.

CORTE A.

29. INT. CAFETERIA - DÍA

Secuencia con música y sin diálogos en la que están Julia y familia en una cafetería.

Las niñas están maravilladas con el lugar, no saben que es lo que van a pedir, miran todo lo que está expuesto, le indican a los padres todos los platos, las golosinas que están en exposición.

Los presentes se ríen con las cosas de las niñas y los padres que no saben que hacer ante el asedio, hasta que se sientan a comer.

CORTE A.

30. EXT. BASURERO - DIA

Rosario llega corriendo al lugar donde dejó al hermano, lleva una bolsa con comida, no lo ve, empieza a buscarlo, se desespera, hasta que dobla la esquina y respira aliviada.

Carlos está comiendo algunos restos de comida, que ha encontrado.

A Rosario se le alegra la cara, se dirige al hermano, con la bolsa en la mano.

ROSARIO
Qué bien que no te han llevado, mira, aquí tienes comida, ves como cumplo con mi palabra.

El niño devora de manera desesperada la comida.

Rosario lo mira y se resiste, pero al momento, empieza a comer junto con el hermano, siempre mirando por si alguien se acerca.

CARLOS
Está rico.

De repente Rosario ve a uno de los hombres de la Señora Bárbara sin que él la vea a ella, agarra por un brazo al hermano con sigilo para no llamar la atención y hecha a correr.

A Carlos se le cae la bolsa con la comida y grita.

CARLOS (CONT'D)
La comida, la comida.

ROSARIO
Cállate.

Rosario se detiene y regresa para recoger la comida.

El hombre de la señora Bárbara mira hacia donde están los niños por los gritos y al verlos hecha a correr hacia ellos.

Rosario y Carlos están cerca de la bolsa de comida, la niña ve al hombre que va hacia ellos y reemprende la huida sin llegar a coger la bolsa de la comida.

El hombre saca un móvil y hace una llamada de alerta al resto de los hombres.

CORTE A.

31. INT. CAFETERIA - DÍA

La familia de María está en la cafetería, están comiendo el postre; las niñas que son las más rezagadas, les queda un pedazo de tarta a cada una.

JULIA
¿Les gusta?

MARÍA
Está buenísimo.

LUISA
¿En el hotel habrá este tipo de tarta?

LUIS
Espero que sí, mañana prueban otra.

JULIA
Voy un momento al servicio.

Julia se levanta y va al servicio.

Luis se lleva una cucharada de tarta a la boca haciéndole payasadas a las niñas.

María y Luisa se ríen de la cara que les pone el papá.

Con la boca llena habla a las niñas.

LUIS
Voy un momento a pagar.

Se levanta y va hacia la barra, sin quitarles la mirada de encima.

Entran a la cafetería Rosario con Carlos de la mano, huyendo y asustada por la persecución de los hombres, mira a su alrededor y ve como Luis desde la barra saluda a las niñas.

En el momento que este se gira para pagar, Rosario se acerca a las niñas pegada a la pared y bajando la cabeza.

ROSARIO
Ayuda por favor.

Las niñas se asombran, Rosario habla muy rápido y con el aliento entre cortado.

María se fija en el aspecto de los dos y Luisa está un poco desconfiada.

LUISA
¿Qué quieres?

ROSARIO
Es mi hermano Carlos, ayúdennos rápido para que no le pase nada...

LUISA
¿Te puedes explicar?

MARÍA
Cállate y déjala que hable.

Carlos inmediatamente intenta coger un pedazo de tarta, Rosario se lo impide, María le da un pedazo.

Luis desde la barra mira, pero no le parece nada raro que hablen las tres niñas, no ve a Carlos por la posición en la que está.

LUISA
¿María que haces, no les conoces?

MARÍA
No ves que es un niño con hambre.

Luisa baja la mirada avergonzada.

Rosario mira por las ventanas de la cafetería y ve a uno de sus perseguidores, se agacha un poco y habla muy rápido y gesticulando.

ROSARIO
Por favor, cuida a mi hermano está en peligro, yo regreso rápido, unos hombres nos persiguen.

Rosario se agacha, le baja la cabeza al hermano cuando pasa un hombre cerca de la ventana, le da la mano de Carlos a María y la bolsa que tiene, le habla a María.

ROSARIO (CONT'D)
Gracias.

Sale corriendo sin dar tiempo a reaccionar a las hermanas.

Carlos se queda al lado de María comiendo su dulce.

Luisa lo mira asombrada y con recelo.

María con lástima, le acaricia la cabeza.

En ese momento pasa uno de los hombres de los que Rosario se escondió.

María coge otro pedazo de tarta y se lo da al niño, casi debajo de la mesa, lo más disimulado que puede para que el hombre no lo vea.

Luisa va a decir algo, pero María le hace señas, que no hable, el hombre se va e inmediatamente habla Luisa.

LUISA
¿Y ahora que le decimos a papá y mamá?

María hace gesto de no saber, en eso llega Luis y ve al niño.

LUIS
¿Y ese niño?

Las niñas no dicen nada y llega Julia a la mesa.

JULIA
¡Qué niño tan lindo!, ¿quién es el padre?

Silencio total, Julia mira a su alrededor y los demás clientes le dan la espalda.

Luis le pone cara de no saber.

Julia mira a las niñas y estás tratan de esquivar la mirada, a Julia le cambia el rostro.

JULIA (CONT'D)
Quién me va a explicar de donde salió el niño.

LUIS
Espero como tú que ellas me expliquen, llegué de la barra y lo encuentro aquí, antes de poder saber algo y llegas tú, así que, niñas, ¿de dónde salió niño?

María habla sin pausa para salir rápido del mal momento.

MARÍA
Lo trajo otra niña que la estaban persiguiendo y dijo que lo viene a buscar así que debemos esperar a aquí a que venga por él.

JULIA
Que no estamos en un libro de aventuras.

LUISA
Mamá, no es ningún cuento, es la verdad, la niña, lo trajo y se lo dejo a María y se fue, pero la intención era dejar al niño aquí para cuidarlo.

Julia y Luis miran a su alrededor y ve que las personas se hacen las desentendidas.

JULIA
Lo mejor será llevarlo a la comisaría.

MARÍA
Pero mamá, lo vas a dejar allí sin que nadie lo cuide, cualquier cosa le puede pasar, además me lo dejaron para que yo lo cuide.

LUIS
Y nosotros te cuidamos a ti, así que la decisión es llevarlo para la comisaría, decisión final.

Todos se ponen serios, María coge la bolsa que le dejo Rosario y la disimula entre sus cosas.

Luisa la ve pero no dice nada.

Luis coge al niño en brazos que inmediatamente se queda dormido sobre su hombro.

CORTE A.

32. EXT. CALLE - DIA

Rosario está siendo perseguida por uno de los hombres, se acerca al basurero donde estaba con el hermano, corre hacia una esquina donde aparentemente no hay salida.

El perseguidor está a punto de capturarla.

Rosario levanta unos cartones y deja al descubierto un agujero por donde sólo cabe ella.

El hombre se lamenta de la jugada, coge el móvil y hace una llamada.

SICARIO 1
La niña está en la calle detrás del vertedero.

Sale corriendo para dar la vuelta y seguir la persecución.

Rosario que lo ha estado mirando a través de un hueco en la cerca, jadeando y aguantando la respiración para que no la escuchen, sale por donde mismo entró y huye caminando rápido, con precaución para que no la vean.

CORTE A.

33. INT. BURDEL. OFICINA DE SEÑORA BARBARA - DÍA

La Señora Bárbara está hablando con su segunda, Berta.

SEÑORA BARBARA
Da la alarma a todos los hombres, diles que la niña no ha salido de la ciudad, y que la vieron cerca de la plaza, que localicen a una familia occidental, que tiene dos niñas, posiblemente este cerca de ellos o tal vez sean de esos que les gusta ayudar a los demás.

La segunda se marcha la señora Bárbara se gira para el jefe de la policía que está sentado en el despacho vestido de civil.

SEÑORA BARBARA (CONT'D)
Espero que me ayude como siempre.

JEFE DE POLICÍA
No se preocupe, que siempre lo que está al alcance de mis manos está a su servicio.

La señora Bárbara le da un fajo de billetes.

JEFE DE POLICÍA (CONT'D)
Muy bien, nuestra colaboración siempre será muy grata.

SEÑORA BARBARA
Ud. ayúdeme a mantener el negocio, que en parte también es suyo y no tendremos problemas.

JEFE DE POLICÍA
Estoy seguro que antes de esta noche tendré buenas noticias para ud.

SEÑORA BARBARA
Venga por la noche que tendré de lo mejor para ud., recuerde que siempre va por la casa.

CORTE A.

34. EXT. CAFETERIA. CALLE - DÍA

Secuencia de Rosario caminando, casi corre, trata de no llamar la atención, escudándose entre los transeúntes.

Llega a la cafetería donde dejó al hermano, mira para la mesa, pero está ocupada por otras personas, sale molesta, casi llorando.

Se recupera y empieza a preguntar a personas que ve por la calle.

CORTE A.

35. EXT. CALLE - DÍA

María y la familia están cerca de la comisaría.

MARÍA
Mamá, por qué no esperamos un poco a que a ver si viene la niña a buscarlo.

JULIA
Cómo crees que vamos a deja a un niño en manos de otra niña, por las calles.

En ese momento Julia da un pequeño grito del susto.

Rosario acaba de aparecer en el lugar y se abalanza sobre Luis tratando de coger al hermano, no llega por el tamaño de Luis y a su vez este trata de que no lo coja.

En el intento la mano de Rosario tropieza con el bolso de Luis, halándolo por la caída del salto.

Julia piensa que es una ladrona e intenta agarrar a Rosario.

JULIA (CONT'D)
Una ladrona, que es esto.

María intenta defender a Rosario y hala la mano de la madre para que no logre agarrarla.

MARÍA
Mamá que le haces daño.

Al mismo tiempo que Luisa intenta aclarar la situación.

LUISA
Qué no es una ladrona.

Rosario casi llega al pie del hermano y en ese momento Luis la coge por un brazo.

LUIS
Tranquila.

Rosario forcejea y al no poder zafarse de Luis le muerde la mano.

Luis suelta un alarido y casi se le cae Carlos que sigue dormido.

María se abalanza sobre Rosario y la hala agarrándole la cara.

MARÍA
No muerdas a mi papá.

Luisa y Julia también van hacia Rosario para que suelte a Luis.

Rosario lo suelta para poder hablar, habla muy rápido, no se le entiende.

ROSARIO
Quiero a mi hermano.

El niño no se despierta, Julia intenta agarrar a Rosario y Luisa a que la mamá la suelte.

LUISA
Mamá déjala.

María agarra las manos de la madre.

Rosario empuja las manos de Julia y trata de llegar al hermano.

JULIA
Es agresiva.

Luisa habla al mismo tiempo que los demás e insegura de lo que hace, intenta poner orden atolondrada por la situación, nadie logra entenderse.

LUISA
Aquí nadie es ladrón... papá dale el niño... María suelta mamá, niña no muerdas más a mi padre, mamá deja a la niña.

En ese momento Rosario ve a un policía que se acerca al grupo, va a salir corriendo.

Luis la agarra por un brazo.

La niña en un gesto defensivo intenta morderlo.

Luis retira la mano a tiempo soltándola.

Rosario hecha a correr.

El policía se acerca.

La familia está intentando arreglarse un poco la ropa.

Julia mira a Carlos por si le ha pasado algo y le pasa la mano por la cabeza, se dirige a las niñas.

JULIA
(le habla a María)
¿Están bien?, después tú y yo vamos hablar, eso de ponerte defender a una extraña, en contra mía.

Llega el policía.

POLICIA 1
¿Tienen algún problema?

JULIA
No, precisamente nos dirigimos a la comisaría, vamos a llevar este niño.

El policía al escuchar esto se disimula una expresión de alegría.

POLICIA 1
Vi una pelea con una niña que se fue corriendo.

JULIA
Es posible que fuera una ladrona.

MARÍA
Mamá...

JULIA
Cierra la boca, que estoy hablando con el policía.

POLICIA 1
No se preocupe por eso, que los acompaño a la comisaría para que no tengan ningún problema.

CORTE A.

36. EXT. CALLE - DÍA

Rosario escondida persigue a la familia acompañada del policía dirigiéndose a la comisaría.

CORTE A.

37. INT. COMISARIA. OFICINA - DÍA

Están en una oficina en la estación de policía, en la que están dos policías, uno sentado frente a una computadora y otro de pie.

El policía que está de pie coge a Carlos, el otro se dirige a ellos.

POLICIA 2
Este es el departamento de personas pérdidas, ¿saben el nombre del niño?

Empieza a escribir en una computadora.

JULIA
No.

POLICIA 2
¿Dónde lo encontraron?

LUIS
En una cafetería que está por la plaza.

POLICIA 2
¿Algún dato más?

MARÍA
Recuerda decirle que tiene una hermana que lo está buscando.

JULIA
Dice mi hija que tiene una hermana que lo busca.

POLICIA 2
¿Saben donde está la hermana?

JULIA
No.

POLICIA 2
¿Alguna otra cosa?

Todos se quedan callados, el policía imprime dos hojas.

POLICIA 2 (CONT'D)
Nosotros llamaremos a los servicios sociales, firme, aquí tiene su copia como que han entregado al niño, esta es la nuestra, muchas gracias, es todo.

Julia y familia salen de la oficina.

Los dos policías se hacen un gesto de aprobación, el que está sentado se pone de pie y ambos salen de la oficina.

CORTE A.

38. INT. COMISARIA. DESPACHO JEFE DE POLICÍA - MOMENTOS DESPUÉS

Aparecen en la puerta del despacho los dos policías con el niño.

El jefe de la policía marca un número en el teléfono.

JEFE DE POLICÍA
No le dije que antes de la noche le tenía buenas noticias... pues bien, aquí le tengo al niño... no, la hermana todavía, ya caerá... bien nos vemos está noche.

CORTE A.

39. EXT. CALLE - DIA

Julia y familia van por la calle cerca de la comisaria.

LUIS
Creo que después de esto deberíamos sentarnos en un lugar tranquilos y hablar de lo ocurrido.

JULIA
Que rápido nos atendieron.

MARÍA
Mamá, te digo que esa niña no es ninguna ladrona.

JULIA
No viste como se fue a por el bolso de tu padre y como lo mordió, además, me quiso golpear.

MARÍA
Mamá, no seas exagerada.

LUISA
Mamá, esa niña lo que quería era coger al niño, y lo demás eeeeeeh... se estaba defendiendo, es la que nos dejo al niño en la cafetería.

JULIA
¿Por qué no lo dijeron antes?

MARÍA
No pudimos, porque no nos dejaste.

LUIS
(Tocándose la mordida)
Tal vez nos quería decir algo.

LUISA
Que le diéramos al hermano.

En ese momento aparece Rosario.

Julia intenta acercarse a ella de forma diferente, ella y Luis colocan las palmos de las manos hacia delante como símbolo de tranquilidad.

Rosario está con una actitud muy desconfiada, los mira revisándolo con la vista, se fija en su bolsa que tiene María entre sus cosas pero no ve al hermano, habla muy rápido y enfurecida.

ROSARIO
¿Por qué llevaron a mi hermano a la policía?

Julia intenta acercarse de manera suave para hablar con ella, pero entre la excitación de Rosario y el nerviosismo de Julia es imposible.

JULIA
Niña, lo que queremos es hablar, ¿qué es lo que pasa?.

ROSARIO
Mi hermano está en peligro por culpa de ustedes, yo sólo quería llevarlo lejos para que esté bien...

En la acera de enfrente a la de ellos, aparca un coche, un hombre se baja y va hacia el grupo.

Julia y Luis la miran sin entender porque está tan furiosa por entregar al hermano a las autoridades cuando para ellos es lo normal.

ROSARIO (CONT'D)
... y ustedes lo llevarlo al peor lugar...

Rosario hecha a correr, los demás se quedan perplejos sin saber el motivo.

El hombre llega por las espaldas al grupo, inmediatamente las niñas lo reconocen como uno de los hombres que seguía a Rosario cuando les dejó el niño.

SICARIO 1
Buenos días.

María le habla por lo bajo a Luisa.

MARÍA
Creo que es uno de los hombres que perseguía a la niña.

JULIA
Buenos días.

SICARIO 1
¿Y esa niña que estaba aquí?

Luisa le aprieta la mano al padre inconscientemente del susto.

LUIS
¿Y a usted que le preocupa eso?

SICARIO 1
Deben tener cuidado con los niños de aquí, porque a veces son peligrosos, lo mejor es llamar a la policía y si pueden entregarlos ustedes mismo, sería mucho mejor, pero no se reúnan con ellos, es un consejo.

MARÍA
¿Y tú qué es lo que buscas?

LUISA
¿Quién es usted para meterse con nosotros?, cuál es su intención, lo he visto otras veces detrás de esa niña.

El hombre asombrado ante la reacción de las niñas, no sabe que hacer.

Luis camina hacia el hombre.

LUIS
¿Qué es lo que realmente ud. quiere?

Del coche llaman al hombre, que se va rápidamente sin decir una palabra,

Luis se fija en la cara de los hombres que van en el coche, se le cruza la mirada con el hombre que llamó desde el coche.

Llega el sicario, se monta en el coche y se van.

JULIA
¿Qué forma es esa de tratar a alguien?

MARÍA
Es uno de los que perseguía a la niña cuando nos dejó al niño.

LUISA
Era eso lo queríamos explicar, que siempre que ve a unos de esos hombres ella sale corriendo.

Julia está intranquila, con dudas pero disimulando.

JULIA
Pero por lo menos lo entregamos en la policía, ahí debe estar seguro.

LUIS
No sé yo, cojamos un taxi y vamos al hotel a descansar.

Luis va al borde de la acera, para un taxi y todos entran.

CORTE A.

40. EXT. TAXI - MOMENTOS DESPUÉS

Cuando están sentados en el taxi un coche para frente a la comisaría y por el retrovisor Julia ve que se llevan al niño.

JULIA
Qué rápido son aquí, han localizado a la familia del niño muy pronto, no pensé que fueran tan efectivos.

MARÍA
Mamá no seas tonta...

Julia mira a María recriminándola y le da un codazo.

LUISA
Mamá, lo que te quiere decir es que esos son otros de los hombres que estaban siguiendo a la niña.

JULIA
Creo que ustedes están poniendo demasiadas persecuciones en estás vacaciones.

TAXISTA
No lo creo señora, en este país hay mucho negocio de prostitución infantil...

Julia se empieza a poner pálida e intranquila con lo que está escuchando.

TAXISTA (CONT'D)
...muchos niños son vendidos incluso por la familia y hay muchas personas en el juego, incluso la policía, así que cuide bien a sus niñas, porque las de aquí, muchas ya están condenadas.

Julia se altera mucho, habla con dificultad.

JULIA
Usted me quiere decir que yo entregué un niño para la prostitución infantil.

TAXISTA
Es posible, con la mejor de las intenciones pero parece que sí, y si lo estaban persiguiendo más posibilidad.

Julia está muy descontrolada, respira con dificultad.

Luis y las niñas se asustan.

LUIS
Tranquila cariño.

JULIA
Pare, regrese que voy a la
comisaría.

LUIS
¿Para qué?, hicimos lo que
debíamos.

JULIA
No, a mi hay que darme una
explicación, como voy a dejar un
niño para una red de prostitución,
para la comisaría...

Julia se lleva las manos a la cara y se apoya en su regazo hablando consigo misma y la voz llorosa.

JULIA (CONT'D)
(se incorpora)
Por favor, otra vez no, otra vez
no.

Cada vez Julia respira con más dificultad, le cambia el semblante, las niñas están muy asustadas.

LUIS
A la comisaría, por favor, antes
que sea peor.

TAXISTA
Por favor señora, eso aquí ya es
muy normal.

JULIA
¡¿Pero aquí no hay sensibilidad...
humana?!

TAXISTA
Como en otras partes señora, que yo
no tengo la culpa.

Luis les hace señas a María y Luisa con la cabeza para calmarlas.

CORTE A.

41. EXT. CALLE - MOMENTOS DESPUÉS

Rosario observa como el taxi regresa a la comisaría, se queda escondida mirando.

CORTE A.

CORTE A.

42. EXT. COMISARÍA - DIA

El coche llega a la estación, Julia se baja hecha una fiera, en la puerta no da tiempo a que el policía la detenga, va directo al despacho donde le atendieron.

JULIA
Quiero saber para donde se llevaron al niño que dejé hace un momento.

El policía quiere desentenderse del asunto.

POLICIA 2
Hable despacio que no la entiendo bien.

LUIS
El niño que dejamos aquí.

POLICIA 2
Ah, el niño, se lo llevó su familia.

JULIA
Cómo puedo localizar a esa familia.

POLICIA 2
Lo siento señora, no tenemos porque darle esa información... como la familia no daba recompensa, ya todo queda en manos de ellos.

JULIA
No quiero ninguna recompensa, lo que quiero saber es a dónde se llevaron al niño.

Entra en el despacho el jefe de la policía.

JEFE DE POLICÍA
¿Hay algún problema?

JULIA
Queremos saber a dónde se llevaron al niño que dejamos aquí hace un momento.

JEFE DE POLICÍA
Señora nosotros no tenemos que darle esa información, ud.
(MÁS)

JEFE DE POLICÍA (CONT.)
siga disfrutando de nuestro país, que las cosas de la policía son de la policía, a que en su país no va a la estación a preguntar por niños entregados a sus padres... pero dígame para qué los quiere ver y tal vez podamos ayudarle.

María saca de su mochila la bolsa de Rosario.

MARÍA
Tenemos que entregarle esto que se nos olvidó.

Uno de los policía intenta cogerlo pero Luis inmediatamente lo coge antes que el policía.

JEFE DE POLICÍA
Es para hacerlo llegar a la familia.

LUIS
Se lo hacemos llegar nosotros.

JEFE DE LA POLICÍA
Bien, vayan y llévenlo, no se lo impedimos.

LUIS
Por eso queremos que nos diga como localizarla.

JEFE DE POLICÍA
Nosotros no estamos autorizados a dar esos datos, además los puedo detener por llevar una propiedad que no es de ustedes.

LUIS
¿Qué es lo que hay en la bolsa?

JEFE DE POLICÍA
No sé.

LUIS
Entonces como nos va a detener por algo que no sabe lo que es y si nos va a detener llame inmediatamente a la embajada de España.

El jefe de la policía lo mira con ira y sonríe irónicamente.

JEFE DE POLICÍA
Mejor se van.

JULIA
Pero como nos vamos a ir, tenemos derecho a saber sobre ese niño.

JEFE DE POLICÍA
Mejor se van antes que los acuse de... desacato... u otra cosa que hayan cometido.

LUIS
(a Julia)
Mejor nos vamos, piensa en las niñas.

Salen de la oficina.

El jefe de la policía se les queda mirando y le habla al otro policía.

JEFE DE POLICÍA
Creo que estos nos van a dar dolor de cabeza.

CORTE A.

43. EXT. COMISARÍA.CALLE - DIA

Al llegar a la calle Julia está llorando por el remordimiento y cada vez más alterada, respira con dificultad.

Luis va a su lado, intenta calmarla pero no sabe como hacerlo.

JULIA
No puede ser, no puede ser...

Las niñas muy nerviosas se pegan a ella, Luisa la coge por una mano.

Julias se desvanece, Luis la sostiene antes que llegue al suelo y camina con ella a borde de la acera.

Las niñas empiezan a llorar.

Luis para un taxi, la suben y la llevan para el hospital.

CORTE A.

44. EXT. CALLE - DIA

Rosario ve todo lo ocurrido a la familia a la salida de la comisaría y cuando ve salir al coche, lo persigue, pero lo pierde de vista.

CORTE A.

45. INT. BURDEL. OFICINA DE SEÑORA BARBARA - DÍA

La señora Bárbara está hablando por el móvil, recorriendo el burdel supervisándolo.

SEÑORA BARBARA
Dígale que no se preocupe, que tenemos la situación controlada,...

En el pasillo por el que va hay una niña que está siendo forzada a entrar en una habitación pero se le resiste a la asistente de la señora Bárbara.

Llega la señora Bárbara y con solo mirarla, la niña se intimida y entra con temor en la habitación.

La señora Bárbara sigue caminando y cuando pasa por delante de la puerta se ve dentro de la habitación a un hombre muy grande, tosco y desnudo esperando sentado en la cama, la señora Bárbara sigue hablando.

SEÑORA BARBARA (CONT'D)
... ya agarramos a uno, sólo nos falta la otra, está a punto de caer...

La señora Bárbara mira en otra habitación en la que está Carlos sentado con otras jóvenes y vigilados por un hombre.

El niño al ver a la señora Bárbara lo saluda con una sonrisa inocente, esta le devuelve la sonrisa y sigue su camino.

SEÑORA BARBARA (CONT'D)
... sabe que tenemos experiencia en esto de capturar fugados, en cuanto a los extranjeros, no se preocupe por ellos, por suerte a la mujer le dio una cosa que hubo que llevarla para el hospital, ... no se preocupe que está bien, sólo fue un desmayo de señorita europea, espero que eso sirva para que se calme...

Mientras la señora Bárbara habla, pasa por delante de una habitación, la abre y está un hombre empaquetando cocaína tiene a su alrededor de manera organizada porros y jeringuillas, el hombre le hace una seña de afirmación con la cabeza y la señora Bárbara se lo devuelve, continua caminando.

SEÑORA BARBARA (CONT'D)
... sí, sabemos que es malo la mezcla con extranjeros, en eso estamos siendo cuidadosos...

En acción paralela con el diálogo anterior, la Señora Bárbara llega a una habitación en la que están golpeando a una chica, el hombre para de golpearla cuando ve a la señora Bárbara la chica la mira suplicando clemencia, la Señora Bárbara la mira y da señal al hombre que continúe, cuando el hombre la golpea cierra la puerta.

SEÑORA BARBARA (CONT'D)
... para más tranquilidad suya ahora mismo mando a uno de mis hombres a que los vigile en el hospital...

Mientras la Señora Bárbara dice el diálogo anterior entra en una habitación en la que está el tesorero contando dinero y apuntando en un libro, sonríe de satisfacción al ver al hombre hacer su trabajo, llega a la parte de atrás del burdel.

SEÑORA BARBARA (CONT'D)
... dígale al doctor, que no se preocupe, seguiremos apoyando su campaña.

A medida que habla están entrando otras chicas nuevas con cara de susto guiadas por un hombre, cuando termina de hablar, el hombre que cierra la fila de las chicas es detenido por la señora Bárbara.

SEÑORA BARBARA (CONT'D)
¿Están todas bien y sin problemas?.

SICARIO 2
Sí, para mañana ya tenemos otras listas para llegar.

CORTE A.

46. INT. HOSPITAL. SALA DE PACIENTES - DÍA

Julia esta acostada en una cama, las niñas la miran sonriente.

Luis le tiene agarrada una mano y con la otra acaricia a las niñas.

JULIA
Ven que no es nada serio, es lo mismo de siempre pero en otro lugar.

LUISA
Entonces no hay peligro.

JULIA
(imita a María)
Nunca ha habido peligro, como dice tu hermana, es un choque de la azúcar por los nervios.

Los cuatro se ríen, Luis le habla a Julia.

LUIS
Espera un momento, vamos niñas.

Sale con las niñas hacia el pasillo.

CORTE A.

47. INT. DIA. HOSPITAL. RECEPCIÓN

Luis las sienta en un banco, le habla a una enfermera que está en la recepción.

LUIS
Las puede mirar un momento por favor.

La enfermera le asiente con la cabeza.

Luis le habla a las niñas.

LUIS (CONT'D)
No se muevan de aquí, ¿está claro?

Las niñas asienten con la cabeza al mismo tiempo.

Luis entra para hablar con Julia.

Desde la puerta en cámara subjetiva alguien vigila a las niñas.

CORTE A.

48. INT. HOSPITAL. SALA DE PACIENTES - DIA

Luis llega a donde está Julia y le da un beso.

LUIS
Dejé a las niñas al cuidado de una enfermera, ¿cómo te sientes?

JULIA
Bien, es lo de siempre cuando me altero de esta manera, ya sabes.

LUIS
Quiero hablar contigo, porque he pensado que lo mejor es abandonar el país, y sacar a las niñas de todo esto, antes que se pueda complicar más.

JULIA
Tienes razón, pero me preocupa la suerte de ese niño, por nuestra culpa, mi culpa, quien sabe lo que estará pasando o lo que le pueda pasar.

LUIS
No es que deje de pensar en ellos, pero tenemos dos hijas que cuidar.

Julia, le pone una sonrisa forzada y le acaricia la cara.

CORTE A.

49. INT.-EXT. HOSPITAL. RECEPCIÓN - DÍA

La subjetiva que vigila a las niñas es Rosario, se dirige a las niñas, con mucho cuidado.

Las niñas ven a Rosario.

Rosario les hace señas que vayan hacia donde está ella

Las niñas van a ir hacia ella pero la enfermera les llama la atención.

ENFERMERA 2
A dónde van.

Las niñas se detienen en seco, María señala a Rosario.

MARÍA
Vamos a saludarla y devolverle sus cosas.

ENFERMERA 2
No.

LUISA
Somos muy amigas y hace mucho que no nos vemos.

ROSARIO
Somos amigas, es para saber como está su mamá.

ENFERMERA 2
Rápido por favor, no pueden irse de aquí.

ROSARIO
Sí.

Rosario se acerca a las niñas y se sientan las tres juntas.

MARÍA
¿Cómo te llamas?

ROSARIO
Rosario.

LUISA
Luisa.

ROSARIO
¿y tú?

MARÍA
María.

LUISA
¿Cómo sabías que estábamos aquí?

ROSARIO
Vi, lo que le pasó a su mamá, ¿está bien?

Las niñas asienten.

ROSARIO (CONT'D)
... como pensé que la llevaban a un hospital, a este vienen todos los extranjeros.

LUISA
¿Por qué huyes y nos diste a tu hermano?

ROSARIO
Para que no lo cojan, es que a mi hermana y a mí, mi papá nos cambió a una mujer que nos tiene para que los hombres con nosotras... jueguen.

MARÍA
Para que le hagan eso de hacer niños y esas cosas.

ROSARIO
Sí.

LUISA
Sexo, ¿y tú hermana?

ROSARIO
Murió hace poco, entonces mi papá llevó a mi hermano a esa mujer también, pero me escapé antes que le hicieran daño y no lo tengan que coser como a mí, me están persiguiendo para llevarme de nuevo a ese lugar, ¿me pueden dar mi bolsa?

En ese momento entran varios heridos, creándose una confusión.

PARAMÉDICO
Ha habido un accidente múltiple.

La enfermera que cuida a las niñas va a ayudar con los heridos.

Entra por la puerta uno de los hombres de la Señora Bárbara buscando con la vista, camina en dirección de la habitación donde se encuentran Julia y Luis.

Rosario ve al sicario, asustada y por instinto, les hace señas de silencio y que la sigan.

María y Luisa, empiezan a moverse entre el movimiento de la gente en dirección a la puerta.

El sicario continúa buscando con la vista.

Las hermanas siguen a Rosario hasta que salen del hospital por el lado opuesto donde esta el sicario buscando.

CORTE A.

50. EXT. HOSPITAL - MOMENTOS DESPUÉS

Fuera del hospital están las tres sofocadas por el susto.

LUISA
¿Qué piensas hacer ahora?

ROSARIO
Ir a buscar a mi hermano al único lugar donde puede estar.

LUISA
¿Dónde?

ROSARIO
Al burdel.

MARÍA
¿Piensas entrar tu sola?

ROSARIO
Me conozco el lugar, sé por donde entrar y con la ayuda de todos los santos todo irá bien.

LUISA
¿Por qué no buscas a alguien que te pueda ayudar?

ROSARIO
Por que no tengo a nadie que me pueda ayudar.

Rosario las empuja contra la pared.

CORTE A.

51. INT.-EXT. HOSPITAL. RECEPCIÓN - MOMENTOS DESPUÉS

En ese momento el hombre que la persigue está mirando al exterior desde la puerta, casi viendo a las niñas.

Rosario y las niñas contra la pared aguantando la respiración.

El hombre entra en el hospital otra vez.

Rosario lo sigue con la vista.

El hombre pregunta en la recepción y la enfermera señala la habitación de los padres de las niñas.

CORTE A.

52. EXT. HOSPITAL - DÍA

Rosario vigilante aleja a las niñas un poco más del hospital para poder despedirse.

ROSARIO
Muchas gracias por todo.

MARÍA
Coge tu bolsa, ¿qué cosa tan importante tienes ahí?

ROSARIO
Son los recuerdos de mi hermana, es la única que me ha querido...

Rosario baja la cabeza y gira sobre sus pies para marcharse.

María la mira impaciente sin saber que hacer, mira a Luisa.

Rosario comienza a caminar.

MARÍA
Te acompaño.

Rosario se detiene sorprendida sin moverse.

Luisa se queda muy sorprendida con lo que acaba de escuchar.

LUISA
¡Pero tú estás loca!

MARÍA
Si hay peligro, puedo vigilar desde afuera.

Rosario se gira lentamente hacia las hermanas.

Luisa sin saber que decir mira a María y se gira para ver a Rosario.

Rosario mira a María emocionada con los ojos brillosos.

LUISA
Pero papá y mamá.

MARÍA
Tú le dices a donde fui, ellos van a entender, sobre todo mamá.

Luisa muy nerviosa mira a su alrededor, va hacia la entrada del hospital.

María y Rosario se quedan mirándose sin saber que decir.

CORTE A.

53. INT-EXT. HOSPITAL. RECEPCIÓN - MOMENTOS DESPUÉS

Luisa se asoma con miedo a la puerta del hospital.

El hombre que persigue a Rosario va hacia la puerta.

Luisa se asusta y regresa donde están María y Rosario.

CORTE A.

54. EXT. HOSPITAL - MOMENTOS DESPUÉS

María y Rosario están caminando cuando se les acerca corriendo Luisa con cara de susto.

LUISA
Mejor voy contigo, no te voy a dejar sola, alguien las tiene que cuidar y como soy la más sensata... además, dos que vigilen es mejor.

Las tres se miran, Luisa muy asustada y con miedo, María con cara de satisfacción por la aventura y Rosario emocionada y agradecida.

ROSARIO
Gracias, sólo mi hermana lo hubiera hecho.

Se van escondiéndose para que no las vean.

CORTE A.

55. INT. HOSPITAL. SALA DE PACIENTES - DÍA

Luis y Julia están hablando.

JULIA
¿Por qué no vas a ver como están las niñas?

Luis va a chequear a las niñas.

Cuando abre la puerta ve todo el movimiento por los heridos, pero no ve ni a las niñas ni a la enfermera, la cara se le transforma.

Aparece la enfermera en ese momento que lleva unas curas para uno de los heridos.

Luis se dirige a ella.

LUIS
¿Y las niñas?

La enfermera mira a su alrededor y mira hacia la puerta, se asusta.

ENFERMERA 2
Las deje sentada hablando con una amiga, que dijo que tenía que entregarle una bolsa y con todo esta confusión las he perdido de vista.

Luis se asusta.

LUIS
¿Es una niña con un vestido azul?

ENFERMERA 2
Creo que sí.

Luis se pone a buscar desesperado a las niñas, empuja, corre.

Luis llega a la puerta y mira el entorno, escucha detrás de él el sonido de la puerta del pasillo que se abre y se gira.

Julia está parada con los ojos fuera de sí buscando a las niñas con la mirada, se encuentra con la mirada de Luis.

Luis muy afectado la mira y camina hacia ella.

Julia intenta quitarse con violencia el suero que tiene puesto y lo logra.

En ese momento van hacia ella dos enfermeras y un doctor que tratan de inmovilizarla.

Luis se les une, logran inmovilizarla y acostarla a la fuerza en la camilla.

Luis tiene su cara cerca de la cara de ella hablándole.

LUIS
Tranquila mi amor, vas a ver como aparecen, sabes que ellas son muy intranquilas, a lo mejor se asustaron con todo el movimiento.

JULIA
Estoy calmada, no te das cuenta...ahhh...

El doctor le introduce la aguja para ponerle un calmante.

JULIA (CONT'D)
Del peligro que corren las niñas, ¿si la cogen con la otra?

Luis reacciona inmediatamente y detiene la mano del doctor antes que empiece a inyectar el calmante y le habla al personal médico.

LUIS
Fuera, fuera todos de aquí.

Hecha a todo el mundo de la habitación, y ayuda a Julia a recoger todas las cosas, le da el móvil.

LUIS (CONT'D)
(alterándose)
Llama a la embajada, a la prensa a la policía, voy a preguntar por aquí.

CORTE A.

56. INT. BURDEL. - DÍA

La Señora Bárbara tiene a Carlos delante de ella, lo está acabando de drogar uno de sus hombres, le acaricia la cabeza y lo mira como un gran tesoro.

Tocan a la puerta, el hombre que está drogando al niño esconde la jeringuilla y el estuche de la droga.

SEÑORA BARBARA
Entre.

Entra un hombre de unos cincuenta años, de aspecto europeo.

SEÑORA BARBARA (CONT'D)
Este es del que le hablé, es nuevo, nadie lo ha tocado, es todo suyo, en estos momentos está durmiendo.

El hombre lo acaricia.

PEDERASTA
Se ve un niño muy sano, si es así, vale lo que cuesta, ¿esta noche?

SEÑORA BARBARA
Esta noche, es todo suyo y con total privacidad.

El hombre sale de la habitación.

CORTE A.

57. INT. HOTEL. OFICINA DEL GERENTE - DÍA

Roberto, está sentado en su silla.

Julia y Luis están de pie, Julia muy nerviosa apenas se mueve del lugar en el que se encuentra.

Luis camina de un lado para otro, su cara es la de un hombre muy enojado, casi con odio en la mirada, muy metido en sus pensamientos.

ROBERTO
Esto es algo muy delicado e incluso peligroso, si no saben donde están, es como buscar una aguja en un pajar, quién sabe donde pueden estar y en manos de quién.

LUIS
¿No puede darnos algún indicio de donde buscar?

ROBERTO
Es que no me dan ningún elemento para empezar.

Tocan a la puerta.

ROBERTO (CONT'D)
Adelante.

Entra Teresa la trabajadora de la ONG.

TERESA
Hola.

JULIA
Hola.

LUIS
Hola.

TERESA
Roberto me ha dicho lo que sucede.

Julia se sienta, parece que está indispuesta.

TERESA (CONT'D)
¿Te pasa algo?

JULIA
Estoy muy preocupada por las niñas.

ROBERTO
Vienen del hospital donde la atendieron.

TERESA
Si quieres descansar o...

JULIA
(la interrumpe)
No, me estoy auto calmando, sé que las niñas me necesitan y tengo que estar fuerte para poder ayudarlas.

TERESA
Por mi experiencia, es importante saber de un lugar por donde empezar a buscar, hay que hacer algo para que en el caso que las tengan los traficantes, no se atrevan a hacerles nada.

JULIA
(más alterada)
Hemos llamado a la policía, pero dicen que como están perdidas desde hace tan poco tiempo que hay que esperar para darlas por desaparecidas, aunque dicen que las van a buscar.

Luis reacciona ante esto en su aislamiento reflexivo.

LUIS
Y ya sabemos lo que vale la policía por aquí.

TERESA

Con esos hay que tener cuidado, porque hay muchos corruptos y pueden saber algo y esconderlo para quedar fuera de un escándalo.

JULIA

(más alterada)

En el consulado nos han dicho que empezaran a hacer gestiones pero que puede demorar al no tener certeza de lo que pasa.

TERESA

Ellos están muy atados por las leyes internacionales, además sus gestiones debido a su propia naturaleza son lentas y en este caso necesitamos urgencias porque las mafias actúan muy rápido para sacar dinero y librarse de implicaciones.

JULIA

(más alterada)

Intentamos llamando a agencias y canales de noticias dicen que van a sacar una información, pero que hace muy poco tiempo de esto para darlo como secuestro o algo de eso.

ROBERTO

Y pudiera ser tarde.

JULIA

(más alterada)

No existe algún político al que se pueda acudir, le damos todo el dinero que tenemos ahorrado, son algunos miles.

TERESA

La gestión la podemos hacer, aunque no esperen mucho, la mayoría de ellos son corruptos que están en el juego y seguro que sacan mucho más de lo que ustedes le puedan dar y además no es temporada de elecciones para que los rivales se apresuren a implicarse.

LUIS

Es posible que vayan a casa de alguien.

TERESA
Eso también es difícil, porque muchas veces es la familia la vende a las niñas o las empujan a la prostitución y la gente las delatan por un poco de dinero o miedo.

Julia explota, cierra los puños con toda su fuerza, se los lleva a la cara con todo el cuerpo muy tenso y grita.

JULIA
¡¡¡cojone mis niñaaaas!!!

Julia alarga el grito todo lo que puede, dejando salir en él toda la ira e impotencia por no ver salida para ayudar a las niñas.

Todos van a socorrerla, ella los aparta.

JULIA (CONT'D)
No me pasa nada, es que de alguna forma tengo que descargar lo que llevo dentro.

Se aparta de los otros y habla más consigo que con los demás.

JULIA (CONT'D)
Cómo pueden vivir esas niñas, no pueden acudir a sus familias, no pueden confiar en ningún vecino, la policía vigila para que abusen de ellas, el gobierno mira a otro lado, los políticos viven de su explotación, ¿que puto mundo este?

TERESA
Desgraciadamente ellas no tienen tiempo ni para pensar en eso y algunas no conocen otro mundo.

Tocan a la puerta.

CORTE A.

58. EXT. BURDEL. CALLE - DÍA

Las niñas van por una calle secundaria, Rosario va delante guiándolas, detrás van María y Luisa.

Luisa camina tropezando por el miedo, va mirando todo a su entorno asustada, por las condiciones de las casas y cualquiera que les pasa cerca le asusta.

Rosario se detiene y se esconde entre dos casas.

ROSARIO
Estamos muy cerca, aquella casa es donde están las chicas escondidas...

Rosario señala otra casa que está a unos cincuenta metros.

ROSARIO (CONT'D)
... y allí es donde... trabajamos.

LUISA
Pensaba que todo era en un mismo lugar.

ROSARIO
Aquí nos esconden por si hay problema, y cuando hacemos falta nos llevan a la otra casa.

MARÍA
Es en está casa donde vamos a buscar a tu hermano.

ROSARIO
Sí, espero que no le hayan hecho nada.

LUISA
Seguro que no.

Las tres se dirigen a la casa donde esconden a las chicas.

CORTE A.

59. INT. HOTEL. OFICINA DEL GERENTE - DÍA

En la oficina acaba de entrar Basilio, el policía que les ayudó con Teresa y la niña.

ROBERTO
Quiero presentarles a Basilio, de los pocos policías que ayudan.

El policía les tiende la mano, ellos le responden el saludo.

TERESA
Ellos son Julia y Luis.

ROBERTO
Qué noticias tienes.

BASILIO
Después de la llamada de Roberto hice unas averiguaciones con algunos policías que conozco y se comenta que en el burdel de la Señora Bárbara se está buscando a una niña que se ha unido a unos occidentales.

Todos se le quedan mirando esperando que diga algo más.

BASILIO (CONT'D)
Estoy casi seguro que son ellas, porque esto no ocurre todos los días, pero hay que buscar una justificación para entrar en ese burdel.

De pronto todos miran a Luis que está murmurando hablando consigo mismo.

JULIA
¿Qué te pasa?, en qué estás pensando.

LUIS
Buscando soluciones, mis hijas están en peligro, podemos ir a la policía y decirles que sabemos que las niñas están en ese burdel.

BASILIO
Hace falta algo más, porque ellos no se van a mover sin algo sólido y mucho menos sin están vinculados con estás mafias.

LUIS
Pero tienen que estar allí, no hay otro lugar, ¿Y si decimos que las niñas nos llamaron con su móvil?

TERESA
Eso es mentir.

LUIS
Por la vida de mis hijas cometo perjurio o asalto el juzgado si es necesario, cualquier cosa.

JULIA
Podemos llamar a la embajada, para que hagan unas llamadas y tal vez nos puedan ayudar, ellos también son políticos y no creo que les interese que unas niñas de su país tengan problemas cuando les avisaron...

Todos la miran perplejos.

JULIA (CONT'D)
... si lo vamos hacer... implicamos a todos los posibles y nos aprovechamos todo lo que se pueda.

TERESA
Puedo llamar a una periodista que nos ayuda, un escándalo de este tipo es algo de lo que la gente siempre se cuida por las repercusiones que puede tener.

ROBERTO
Todos de acuerdo.

Todos miran a Basilio que se encoge de hombros y se tapa los ojos en señal que no ha visto nada.

ROBERTO (CONT'D)
Entonces cada uno a lo suyo.

CORTE A.

60. INT.-EXT. BURDEL. CALLE - DÍA

Rosario y María están entrando en la casa en la que esconden a las niñas.

Rosario hala a María hacia una habitación que tienen al lado y pasa por delante de ellas un hombre.

Rosario y María notan algo a sus espaldas, se giran y ven que cuatro jovencitas las están mirando sin decir nada, Rosario les habla en un susurro.

ROSARIO
¿Han visto a un niño nuevo?

Las niñas dicen que no con la cabeza, se escuchan unos pasos que se detiene frente a la puerta.

La cortina se abre y en el umbral aparece Berta, mira a las niñas intrigada y señala a una de las niñas.

La niña se aparta con miedo, caminando despacio hacia la mujer.

Berta sale de la habitación con la niña.

Rosario y María se levantan del suelo detrás de la cama que se habían escondido.

Luisa intenta sacudirse la ropa que se le ha ensuciado con gestos nerviosos.

MARÍA
Muchas gracias, por no decir nada.

Rosario y María van por el pasillo, miran en otra habitación y no ven al hermano.

Siguen caminando por el pasillo cuando oyen voces y se ponen nerviosas.

María hala a Rosario y entran en otra habitación donde están otras niñas y ven de espaldas a Rita, la jefa de las niñas revisando la habitación, una chica muy joven sólo un poco mayor que las demás pero por su cara y forma de hablar parece mayor.

Rosario tira de la mano de María para salir de allí, cuando ven a través de la cortina las sombras que se acercan.

María y Rosario se giran y ven frente a ellas a Rita mirándolas, escuchan que las voces están en la puerta y que se mueve la cortina.

Rita las hala con fuerza hacia la pared detrás de un armario pequeño.

En la puerta termina de abrirse la cortina y aparece Berta, la otra persona se queda fuera.

Berta da un paso hacia la habitación cuando va dar el segundo la jefa de las niñas las da un pequeño paso hacia ella y le hace una pregunta para que se detenga.

RITA
¿Buscas a alguien, te puedo ayudar?

BERTA
Busco una chica para un cliente nuevo.

RITA
Sé donde están todas, si me dices a cual quieres te ahorro tiempo.

BERTA
Quiero una que no se queje, de esas que aguantan bastante.

RITA
Muy bien, te voy a sorprender.

La jefa de las chicas mira a su alrededor, hasta que su mirada se cruza con la de Rosario, estira la mano hacia ella y hala a una chica que está al lado y la coloca delante de Berta.

RITA (CONT'D)
Esta es perfecta para lo que buscas.

Berta coge a la niña de un brazo y sale de la habitación.

Rita se pone de frente a Rosario y María.

ROSARIO
Muchas gracias.

RITA
(con tono cómplice)
¿Buscas a tu hermano?

ROSARIO
Sí.

RITA
Está en la otra casa.

MARÍA
¿Por qué nos ayuda?

RITA
Sé lo que es esto, no tengo a donde ir, siendo la jefa lo paso mejor y tengo algo de vida garantizada, vayan y suerte, además... yo también tuve familia y sé lo que es perderla.

Rosario y María salen de la habitación.

Rita se dirige a las demás con un tono de amenaza.

RITA (CONT'D)
Ustedes no han visto nada, así que mejor nunca hablen de esto, sé quien es cada una, recuerden, si me pasa algo, yo también tengo amigos.

La jefa de las niñas sale de la habitación, las demás le siguen con la mirada.

CORTE A.

61. INT. DIA. COMISARIA. RECEPCION

En la comisaría están Julia y Luis.

JULIA
Hemos venido para denunciar la desaparición de nuestras niñas y sabemos donde están.

POLICIA 2
¿Dónde están?

Suena un teléfono en tercer plano cuando habla Luis.

LUIS
Una de las niñas nos llamó con su móvil y nos indico el lugar, que es en un burdel en la calle Amistad, por lo que pedimos ir allí inmediatamente.

POLICIA 2
No tenemos ninguna prueba ni orden para entrar en el lugar.

JULIA
Pero le estamos diciendo que las niñas están en peligro, además ustedes deben haber recibido una llamada.

En ese momento sale el jefe de la policía.

JEFE DE POLICÍA
Preparados todos que tenemos que salir a hacer un registro, la orden ya está en camino, llamaron de la jefatura, que recibieron una llamada del ministerio y ellos de la embajada, nos vamos en unos minutos.

Julia y Luis se miran, Luis está muy furioso y mira con recelos a todos.

El jefe entra en su despacho y le dice a su ayudante.

JEFE DE POLICÍA (CONT'D)
Avisa que vamos para allá.

CORTE A.

62. EXT-INT. BURDEL. - DÍA

Están las tres niñas en las afueras del burdel por la parte de atrás, hablan.

LUISA
¿Eso fue todo lo que les dijo?

ROSARIO
Ella siempre ha sido mala con nosotras.

LUISA
Yo creo que es para que quedar bien con los jefes.

MARÍA
Dejemos de hablar tanto y vamos a buscar a tu hermano que pasa el tiempo...
(a Luisa))
... no pongas esa cara, no hay peligro.

LUISA
Vale, yo vigilo.

Rosario y María se acercan a la parte de atrás del burdel, Rosario la va guiando, se van escondiendo de rincón en rincón sin que nadie las pueda ver y entran.

Revisan una habitación y no ven a nadie.

Escuchan los ruidos que salen de las habitaciones.

Llegan a una que está apartada, cuando abren la puerta, ven al hermano de Rosario dormido.

En ese momento Rosario siente que la halan hacia un rincón, intenta soltarse pero ve que es María, notan que de pronto se ha formado un gran movimiento en el burdel.

Ven que esconden bolsas de droga, armas.

Al hermano se lo llevan de esa habitación, deciden salir corriendo del burdel.

Llegan donde está Luisa, ven como sacan a las niñas que tienen en el burdel y las esconden en la otra casa.

MARÍA
(excitada)
Por poco nos descubren.

LUISA
No entren de nuevo en ese lugar, ¿estaba tu hermano allí?

ROSARIO
Sí, pasa algo raro, no había visto tanto movimiento.

CORTE A.

63. INT. BURDEL. - DÍA

La Señora Bárbara está dando órdenes con el móvil en la mano y caminando de un lado para otro.

SEÑORA BARBARA
Arriba recojan todo, las armas las droga, todo, que todas las adultas se vistan bien...

Le habla a un hombre que le pasa a su lado.

SEÑORA BARBARA (CONT'D)
... tú ponte otra ropa y que una chica se ponga a darte masaje...

Entra en la habitación donde está Carlos.

SEÑORA BARBARA (CONT'D)
El niño al escondite...
(le habla a su segunda))
que la mayoría de los hombres se vayan, que también viene una periodista y no quiero que vean a tantos aquí, que regresen después,
(aprieta la mano en la que tiene el móvil)
qué bueno es tener amigos.

CORTE A.

64. EXT-INT. BURDEL. - DÍA

Llegan dos coches de la policía y el coche de la prensa, en uno de los coches vienen Julia y Luis.

El policía que va al frente le enseña a la Señora Bárbara la orden de registro y entran los policías.

SEÑORA BARBARA
Pasen, este es lugar respetable.

La policía empieza a registrar todo el local superficialmente, los padres miran desde fuera.

Un policía revisa la primera habitación, se para en la puerta da un paso, mira superficial y dice que no encuentra nada.

Otro policía revisa otra habitación, ve un paquete de cocaína que ha quedado al descuido, lo mira y lo esconde dentro de un cajón del mueble para que no se vea.

El camarógrafo intenta captar algo a través de las ventanas desde el exterior por el lado derecho del burdel.

Un policía entra en una habitación donde un hombre está acostado y una chica le da un masaje, el policía se queda mirando a la chica porque le ha gustado mucho, se acerca a ella y se pone a mirarla con detenimiento.

El hombre le hace señas con el rostro de lo buena que está la chica.

El policía acerca con precaución y bromeando su mano al cuerpo de la chica cuando de pronto siente que le empujan la mano hacia el culo de la chica y se la aprietan, se gira y ve que la Señora Bárbara es quien la ha apretado su mano contra el culo de la chica.

SEÑORA BARBARA (CONT'D)
Ven está noche y tendrás una exquisita recompensa, por los buenos servicios, corre por la casa.

El policía mira a la chica que está de perfil algo incomoda y le aprieta el culo.

La Señora Bárbara le hace una seña a la chica con gesto serio.

La chica inmediatamente pone una sonrisa, mira al policía y le acaricia la bragueta.

POLICIA
Aquí no hay nada.

CORTE A.

65. EXT. BURDEL. - MOMENTOS DESPUÉS

Rosario y María deciden rodear la casa para tratar de averiguar qué es lo que pasa, lo hacen por el lado izquierdo del burdel pegadas a la pared.

Llegan al frente, Rosario se asoma y ve los coches de la policía pero no ven a los padres que están parados en la entrada hacia la derecha, por el ángulo que están no pueden ver todo.

Rosario asustada le hace señas a María que regrese.

ROSARIO
Está registrando la policía, eso nunca lo he visto.

MARÍA
Quizás por eso estaban recogiendo, ¿Cómo sabían que iban a registrar?

ROSARIO
Te dije, ellos son amigos, vamos y después entramos.

Regresan para el escondite de ellas, cuando están llegando al final del burdel, Rosario que va delante para en seco.

El camarógrafo está grabando por la parte opuesta a las niñas, al no ver nada interesante decide regresar a la entrada del burdel.

Aprovechando que el camarógrafo se ha girado las niñas intentan salir corriendo.

El camarógrafo que ya ha rebasado la pared lateral presiente algo a sus espaldas y gira sobre sus pasos.

Las niñas al ver que el camarógrafo regresa, ellas regresan al lugar donde estaban detrás de la pared lateral del burdel.

El camarógrafo se dirige al lugar donde cree a ver visto algo y en ese momento sale la segunda de la Señora Bárbara.

BERTA
Esto es propiedad privada, fuera.

El camarógrafo regresa para la entrada del burdel.

Las niñas están excitadas apretadas una contra otra.

MARÍA
Vamos a ver si por delante nos podemos escapar, ahora que están todos entretenidos.

Caminan hacia la parte delantera del burdel.

CORTE A.

66. EXT-INT. BURDEL. - MOMENTOS DESPUÉS

Llega Basilio el policía amigo de Teresa por el lado del burdel por donde está el camarógrafo.

Julia, Luis y la periodista están parados en la entrada del burdel.

PERIODISTA
Creo que no han encontrado nada.

Cruzando la puerta de entrada por dentro del burdel pasa uno de los hombres que estaba en el coche cuando les interrumpieron la discusión en la calle con Rosario y cruza la mirada con Luis.

Luis no lo recuerda bien de donde, pero da unos pasos muy lentos hacia el hombre sin dejar de pensar.

LUIS
Ese hombre.

El hombre al darse cuenta de la situación, se pierde dentro del burdel.

Luis intenta entrar en el burdel, uno de los policías lo detiene.

Luis forcejea e interviene otro policía logrando alejarlo de la entrada.

CORTE A.

67. EXT. BURDEL. - MOMENTOS DESPUÉS

Las niñas han llegado a la parte de adelante del burdel.

María se asoma, ve los coches de la policía, saca más la cabeza para ver mejor y ve a la periodista, que le tapa la visión de la madre y el padre, en ese momento la periodista se mueve.

María se esconde.

Julia está dando unos pasos hacia donde están las niñas.

PERIODISTA
¿Qué pasa?

JULIA
Hay algo que viene de allí, que me llama.

Julia camina hacia donde están las niñas, en ese momento una voz la detiene.

JEFE DE POLICÍA
Señora...

Julia se da la vuelta y ve al jefe de la policía que le habla.

JEFE DE POLICÍA (CONT'D)
... usted no puede estar por ahí mirando, esto es una acción policial.

Julia se queda parada en el lugar.

El jefe de la policía gira y susurra con la Señora Bárbara.

La mirada de Julia en ese momento se cruza con la de Basilio.

Julia le hace señas hacia el lugar donde están las niñas, Basilio camina lentamente hacia donde le dicen.

María se asoma de nuevo y ve que Basilio comienza a caminar hacia donde están ellas.

MARÍA
Un policía viene para acá.

ROSARIO
Corre.

Las dos echan a correr, al llegar al fondo del burdel se alejan hacia el lugar donde está escondida Luisa.

En el momento que se alejan Basilio llega al lugar donde estaban, camina un poco más para mirar con más detenimiento, al no ver nada se gira hacia Julia y le hace señas con la cabeza que no hay nada.

CORTE A.

68. EXT. BURDEL. - MOMENTOS DESPUÉS

La policía ha terminado de registrar el burdel.

Los policías van saliendo del burdel.

Julia y Luis se quedan muy frustrados, Julia empieza a llorar.

La Señora Bárbara habla con el jefe de la policía a la entrada del burdel para que todos la escuchen.

SEÑORA BARBARA
(con ironía)
Están complacidos señores policías.

JEFE DE POLICÍA
Si señora, gracias.

SEÑORA BARBARA
Espero no verlos más por aquí.

Salen todos del burdel, el jefe de la policía se dirige a Julia y Luis.

JEFE DE POLICÍA
Como ven no hay nada, ya no podemos hacer nada más, así que espero no vuelvan a molestar.

Los policías se suben en el coche, Julia y Luis se van caminando, miran el burdel como su última esperanza.

CORTE A.

69. EXT-INT. BURDEL. - DÍA

Las niñas están mirando desde cierta distancia en la parte trasera del burdel.

MARÍA
Ya se fue la policía así que podemos volver a entrar, como hay menos gente hay menos peligro.

LUISA
Tu hermano está de verdad allí.

ROSARIO
Seguro que lo tienen escondido, en el sótano, es allí donde esconden las cosas que no quieren que nadie encuentre.

MARÍA
¿Vamos?

LUISA
Yo vigilo.

María y Rosario se dirigen al burdel.

Luisa las mira con miedo, no quiere soltar la mano de María y las ve alejarse con ganas de ir con ellas.

Para entrar usan una salida trasera.

De una habitación sale el hombre que estaba drogando al niño.

Se esconden para que no las vean.

Cuando el hombre se va entran en la habitación y ven al hermano dormido, intentan despertarlo pero no pueden.

Rosario lo coge en brazos para irse con la ayuda de María porque le cuesta trabajo.

Se asoman a la puerta de la habitación y van a salir.

Escuchan una voz que se acerca, vuelven a entrar en la habitación, Rosario con el peso del hermano que le cuesta y ayudado por María se apoyan a un lado de la pared asustadas por si alguien entra en la habitación.

Dos hombres de los que se habían marchado pasan por delante de la puerta conversando.

Las niñas se vuelven asomar en la puerta de la habitación y no ven a nadie y echan a correr hacia la puerta trasera por donde entraron, les cuesta andar por el peso del hermano que casi se le cae a Rosario.

María la sostiene para que no caiga al suelo, se dan cuenta que están en medio del pasillo, miran a todas partes y echan a correr.

Están cerca de la puerta a punto de salir, María deja de ayudar a Rosario con el hermano para abrir la puerta, Rosario al perder la ayuda de María casi se le cae el hermano.

María suelta el picaporte de la puerta para ayudar a Rosario con el hermano.

Rosario lograr tener bien sujeto al hermano y le hace señas a María que abra la puerta.

María abre la puerta y cuando están saliendo unas manos, sin que se vea el cuerpo de la persona las agarra por la ropa y las entra en el burdel.

Luisa las está viendo salir del burdel y pone cara de alegría pero ve las manos que aparecen de la oscuridad del burdel y halan hacia dentro a las niñas.

Luisa se queda petrificada en el lugar, del miedo le sale un grito mudo, se orina en la ropa, empezando a llorar, se va corriendo.

CORTE A.

70. INT. HOTEL. OFICINA DEL GERENTE - DÍA

En la oficina están Julia y Luis acompañados de Roberto y Teresa.

Julia llora y Luis está concentrado hablando consigo mismo, aparentemente ajeno a los demás, pero de pronto le viene una idea.

LUIS
En el burdel no encontraron nada, pero si no están allí, tiene que ver con esa gente...

Julia y el gerente lo miran asombrados.

LUIS (CONT'D)
... vi a uno de los hombres que estaba en el coche cuando la discusión con la niña por eso quería entrar, hasta ahora no estaba muy seguro, pero estoy dándole vueltas desde que salimos y repasando todo lo que ha pasado y estoy seguro, porque no hay muchas personas en las que me haya tenido que fijar.

JULIA
Pero allí no se encontró nada.

TERESA
Lo más seguro es que alguien les haya dado un soplo y hayan escondido todo las evidencias, eso incluye a las personas.

ROBERTO
¿Qué piensan hacer ahora?, lo que necesiten, pidan.

LUIS
No sé.

TERESA
Llamé a otras ONGs, dicen que van a tratar de hacer sus averiguaciones, la periodista va intentar forzar sacar una nota informativa y van a comunicarse con agencias de prensa extranjera que puedan trabajar más libre.

En ese momento suena la puerta de la habitación.

LUIS
Adelante.

Se abre la puerta, un empleado del hotel trae a Luisa.

Julia y Luis corren hacia ella, se agachan con las rodillas en el suelo, la abrazan, los tres lloran, los padres la llenan de beso.

JULIA
Mi amor, mi amor, dónde está tu hermana.

LUIS
Habla, dónde está tu María.

La tienen muy presionada, que casi no la dejan hablar, se acerca Teresa con un vaso de agua para la niña.

TERESA
Disculpen que interrumpa pero déjenla hablar.

Le dan el vaso de agua a Luisa y esta bebe.

Los padres están muy impacientes y no dejan de tocarla y acariciarla

Teresa un poco más calmada es quien le pregunta a la niña.

TERESA (CONT'D)
¿Dónde está tu hermana?

LUISA
La cogieron unos hombres.

LUIS
¿Dónde?

LUISA
En puticlub que esta por donde hay una fuente.

ROBERTO
Cuenta todo desde el hospital para saber.

JULIA
Pero rápido mi vida, por favor.

LUISA
Del hospital nos fuimos con Rosario a buscar a su hermano, cuando entraron la primera vez tuvieron que salir rápido porque de pronto hubo mucho movimiento porque llegó la policía y registraron.

JULIA
¿No nos vieron?, estábamos allí.

LUISA
No, cuando se fue la policía, ellas entraron por segunda vez, porque yo no quise ir porque tenía miedo y la dejé sola.

Luisa empieza a llorar.

Julia y Luis la abrazan para consolarla.

JULIA
No cariño, fuiste muy inteligente porque si hubieras entrando con ellas también te hubieran capturado y no sabríamos nada para poder ayudarlas.

LUIS
No llores por eso, recuerda que siempre tiene que haber alguien sensato en la familia, esa eres tú y lo acabas de demostrar.

LUISA
Eso les dije yo, que alguien tenía que vigilar y que soy la más sensata...

Teresa la interrumpe

TERESA
Muy bien, sigue contando que pasó después.

LUISA
Eeeeh, cuando estaban saliendo, vi como un hombre las agarraba y las entraba, después fui para el hospital y la enfermera me trajo en taxi hasta acá.

LUIS
Hay que ir a buscarlas ahora mismo.

ROBERTO
Solo no puedes ir.

JULIA
Ahora sí podemos ir a la policía.

LUISA
Dice Rosario que son amigos de la policía.

ROBERTO
Y debido a eso es difícil, que hagan otro registro, además les avisarían de nuevo.

JULIA
Podemos ir a la embajada.

TERESA
El trámite por ahí es muy lento, para cuando se resuelva algo, sabrá dios que le habrá pasado a las niñas, hay que tener en cuenta que a todos les mentimos una vez, así que vamos con la desventaja de la incredulidad.

Todos quedan en silencio, Julia abraza a Luisa y llora.

Luis se pone de pie y se separa de todos, se ponen a dar vueltas en la habitación como un león enfurecido, sólo se escuchan sus pasos y su hablar por lo bajo consigo mismo, la niña rompe el silencio.

LUISA
¿Entonces no van a salvar a mi hermana?

Todos se miran con cara de impotencia y el silencio es más fuerte porque no se escuchan los pasos de Luis que se ha detenido, sólo se escucha su respiración, se pone de frente a todos.

LUIS
Lo tengo.

Todos lo miran.

JULIA
¿Qué?

LUIS
Asaltar el burdel.

Todos se quedan estupefactos.

Julia lo mira casi endiosada con la actitud y convicción que ve en su marido.

JULIA
(reacciona)
Lo dice en serio, pero, pero eso es una locura, tiene que haber otra solución.

Luis va y se arrodilla frente a ella y la niña.

LUIS
Dime lo que sea, que lo hago, pero no se me ocurre otra cosa y el tiempo va pasando, lo vengo pensando desde que nos explicaron todos los contratiempos, es verdad lo que dijiste, que puto mundo es este que acaba con la vida de unas niñas y que puto mierda de padre soy sino puedo o no me atrevo a salvar a mis hijas a costa de lo que sea... está es mi solución, después de ver con la impunidad que maltratan a estas niñas y se ríen en tu cara, al menos intentaré que a las mías no les pase esto, cueste lo que cueste.

Julia va a decirle algo pero al ver la cara de Luis casi llorando y decidido, lo único que hace es tenderle la mano en señal de apoyo, cuando le toca la mano se la agarra y lo hala hacia ella besándolo en señal de aprobación y abraza a la niña contra ellos dos.

ROBERTO
Es casi un suicidio.

LUIS
De que me sirve la vida si no puedo salvar a mi hija sabiendo donde está y el peligro que corre... lo tengo decidido y no hay marcha atrás.

Lo último dicho lo dice con tal convicción que todos se quedan sin moverse ni se atreven a decirle nada, sólo se escucha la respiración excitada de Luis y el sonido al sacar su tarjeta de crédito.

LUIS (CONT'D)
Creo que tengo suficiente dinero para contratar dos o tres hombres con armas.

Roberto se le acerca y le habla mirándole a los ojos en su posición de agachado.

ROBERTO
De verdad estás decidido.

LUIS
Sí.

ROBERTO
Ven conmigo, es mejor que nadie vea, escuche ni sepa nada por si hay complicaciones, te voy a llevar con una persona de mi entera confianza, yo tampoco tengo porque saber nada de lo que vaya a ocurrir.

Luis se pone de pie.

Julia lo mira y le acaricia la mano.

Salen de la habitación.

Julia aprieta a la niña contra su cuerpo.

CORTE A.

71. INT.-EXT. VARIAS LOCACIONES - DÍA

Secuencia de collage de imágenes en las que se nota el paso de la mañana.

Roberto le presenta a Luis a su hombre de confianza.

Julia bañando a Luisa.

El hombre de confianza de Roberto le está presentando a Luis a los hombres que le acompañarán en el rescate de las niñas.

En el burdel están terminando de drogar a María y Rosario.

Luis acompañado del hombre de confianza de Roberto, en una habitación comprando armas ilegalmente.

La Señora Bárbara habla con unos clientes de las niñas.

Luis habla con los hombres que lo van a acompañar en el asalto ya tienen las armas.

CORTE A.

72. INT. HOTEL. HABITACION DE JULIA - ATARDECER

En la habitación están Julia y Luisa, la niña está bañada y acostada, la madre la acaricia e intenta que se duerma.

JULIA
Intenta dormir, sé que es difícil, pero debemos estar con fuerzas para cuando venga tu hermana.

Luisa se incorpora y la mira fijamente a la cara.

LUISA
¿Tú puedes dormir?

La madre le dice que no con la cabeza.

LUISA (CONT'D)
Yo también estoy muy preocupada por María y lo que le pueda pasar a papá.

JULIA
Por eso tenemos que descansar para cuando regresen, alguien tiene que estar fuerte porque seguro que van a estar muy cansados.

LUISA
¿De verdad papá la va a traer?

A Julia se le atragantan las palabras en ese momento pero reacciona rápido y le dibuja una sonrisa forzada.

JULIA
Va a hacer todo lo posible y es muy muy difícil... que no venga con ella.

LUISA
Mamá, lo que papá va a hacer es muy peligroso, por qué no lo ayudas.

JULIA
Papá y yo hemos decidido que yo me quede contigo, para que no estés sola.

LUISA
Yo estoy bien, la que está en peligro es María, porfa, ayuda a papá.

JULIA
Papá está con otras personas que lo van ayudar.

LUISA
Él solo no puede, tú siempre lo has ayudado en todo, no quiero por mi culpa quedarme sin hermana.

JULIA
Está situación no es fácil para tomar una decisión.

LUISA
Lo sé, pero es que mi hermana siempre me defiende y me ayuda en todo cuando ustedes no están, además está en ese lugar, por hacer lo que ustedes nos enseñaron que es ayudar a los demás, y ahora que está en peligro no la vamos a ayudar todos, porfa ve con papá, ayúdalo a traer a María.

JULIA
Por favor no me lo pongas más difícil, de lo que es.

LUISA
No es más difícil mamá, yo estoy bien, cuando ustedes no están quien me salva de los problemas es María, cuando hago algo malo en la casa quien se hecha las culpas para protegerme es María, porque no voy a dejar que mi mamá vaya con ella, yo no tengo su valor para pelear a puñetazos con la gente, pero si para quedarme sola para que la salven a ella.

Julia llorando le tapa la boca para que no hable más.

JULIA
No me lo pongas más difícil.

Luisa se quita la mano.

LUISA
Mamá yo sé el peligro que hay, se que puede que no vuelvan, por eso quiero que vayas, porque contigo las cosas siempre salen mejor, sin ti todo es más difícil.

JULIA
Pero esto no es uno de los problemas de la casa.

LUISA
Los sé, estamos en otro país, pero somos la misma familia, tú eres la misma reina que se pinta las uñas como me dice María de mí, pero también la guerrera que nos saca de problemas como hace ella, por favor mamá.

Julia la abraza llorando.

CORTE A

73. INT. HOTEL. HABITACION ESCONDIDA - ATARDECER

En una habitación en penumbras Luis está con los hombres contratados preparando la salida, cuando tocan a la puerta, se escucha una voz del otro lado de la puerta.

Luis se levanta y abre la puerta, Julia está frente a él en el umbral de la puerta.

LUIS
¿Qué haces aquí?

JULIA
Voy contigo, no te voy a dejar solo.

Luis sale cerrando la puerta tras de si para que los hombres ni Julia puedan verse.

LUIS
¿Por qué está decisión a última hora?

JULIA
Luisa me lo pidió y no me pude negar, me ha dicho que no te deje sólo por su hermana.

Luis va a decir algo pero Julia le tapa la boca.

JULIA (CONT'D)
Muchos pensaran que somos irresponsables, que no debimos dejar a Luisa sola, pero ninguno está dentro del problema como estamos nosotros en este momento, se puede quedar huérfana de los dos, es verdad, pero quien te dice que por quedarse huérfana de ti y su hermana va a ser mejor, Luisa tenía tanta o más convicción que tu cuando tomaste esta decisión.

LUIS
Hemos analizado los pro y los contra, se puede quedar sola.

JULIA
Hemos analizado todo menos lo que ella piensa, te aseguro que si la hubieras escuchado, estarías tan orgullosos como lo estoy yo de las niñas que hemos educado.

LUIS

Pero...

Julia lo agarra de la solapa con fuerza, tira de él hasta quedar las caras muy juntas.

JULIA

De verdad crees que la irresponsabilidad es lo único que tengo, que no sé los riesgos y peligros... tu hija es tan fuerte como tú o como yo y más que muchas otras.

LUIS

Es sólo una niñita.

JULIA

Es una niña sí, con nuestros principios y valores que merecen ser y respetados...

Roberto la mira con orgullo.

JULIA (CONT'D)

... está con Teresa y Roberto, si nos pasa algo al instante llamarán a la embajada, llamé a mis padres, ya hablaran con los tuyos, sus abuelos son jóvenes... mi padre quería venir para ir él , pero tuve que explicarle que el vuelo demora mucho y no tenemos tiempo... de acuerdo.

LUIS

Si este es el resultado de lo que les hemos enseñado, del amor de la una por la otra, sí.

Luis se le queda mirando fijo sin decir nada, la besa y mientras la besa la entra en la habitación.

JULIA

Luisa me explicó algo de la ubicación de las habitaciones en el burdel que les dijo la niña.

LUIS

Es mi mujer, viene con nosotros, el plan es que ellos van con la cara cubierta, les he pagado una parte del dinero, la otra cuando estemos a salvo.

Terminan de recoger las cosas para salir.

CORTE A.

74. EXT. HOTEL. CALLE. - ATARDECER

Luis, Julia y los tres hombres se suben en el coche, Luis conduce y Julia a su lado.

CORTE A.

75. EXT. HOTEL. CALLE. - MOMENTOS DESPUÉS

Un trabajador de confianza de Roberto les está vigilando desde otro coche y en cuanto salen hace una llamada.

HOMBRE
Ya están saliendo.

Los sigue con el coche.

CORTE A.

76. INT.-EXT. BURDEL. - ATARDECER

En el burdel están llegando los clientes, tanto extranjeros como del lugar.

Los hombres de la Señora Bárbara están confiados.

La Señora Bárbara habla con su segunda y otro de sus hombres.

SEÑORA BARBARA
Después de este registro podemos estar más tranquilos.

BERTA
Ya están los clientes para la mercancía de hoy, los están entreteniendo para en cuanto estén un poco despiertos entregárselos.

CORTE A.

77. EXT. BURDEL. CALLE - MOMENTOS DESPUÉS

En la parte de afuera del burdel llega el coche donde están, Luis y Julia con los hombres, estos salen del coche, Julia y Luis se quedan en el coche.

Unos metros más adelante aparca el coche del hombre de confianza que les está persiguiendo.

Los hombres antes de entrar en el burdel le pinchan las ruedas a los coches que están aparcados.

Julia y Luis vigilan la entrada del burdel y la calle por si se acerca alguien.

Cuando terminan de pinchar las ruedas, dos hombres entran en el burdel como si fueran unos clientes más.

El tercer hombre se queda en la puerta a fumarse un cigarro disimuladamente para servir de enlace con Julia y Luis en el coche.

CORTE A.

78. INT. BURDEL. - MOMENTOS DESPUÉS

Los hombres que han entrado van mirando en cada habitación como si estuvieran equivocados.

El primero de los hombres da con la habitación en la que está Carlos y le hace señas al que está en la puerta y sigue buscando.

El hombre de la puerta asiente.

El segundo hombre encuentra donde tienen a Rosario con otro hombre, este está a medio vestir, el hombre pide disculpas como si se hubiera equivocado y sale, en el pasillo le hace señas al que esta en la puerta que ha encontrado a la niña.

Vuelve a entrar inmediatamente encañonando con una pistola al hombre, le dice a la niña que haga silencio, obliga al cliente a arrodillarse de espaldas y cuando lo hace lo golpea con el culata de la pistola dejándolo sin conocimiento, coge a la niña por la mano y se para al lado de la puerta esperando la señal.

El primer hombre encuentra donde tienen a María, la niña esta aletargada, encañona al hombre con una pistola y lo golpea en la cada dejándolo desmayado, coge a la niña en brazos, saca la cabeza por la puerta y hace señas de encontrar a la niña.

El hombre que está en la puerta le hace señas a Luis y Julia que salen del coche.

El hombre que está en la puerta le hace señas a los otros dos y entra a buscar al niño.

Los hombres que están en las habitaciones de las niñas se ponen una mascara.

El hombre que estaba en la puerta llega a la habitación donde está Carlos, encañona al hombre y lo desmaya.

Coloca alambre en un enchufe provocando un corte de luz dejando el burdel casi en total oscuridad por la caída de la tarde, no se define bien a las personas.

El hombre se pone la máscara coge en brazos a Carlos y sale de la habitación.

El hombre que está con María sale con ella, como la niña está drogada tiene que llevarla en brazos.

El hombre que está con Rosario también la lleva en brazos.

SEÑORA BARBARA (O.S.)
Tranquilos, no pasa nada, es un pequeño corte de luz que se arregla rápido.

Al pasillo sale uno de los hombres de la Señora Bárbara y al ver al hombre que se lleva a María saca una pistola.

El hombre como tiene a María en brazo le cuesta sacar su arma.

En el momento que el mafioso levanta la pistola, llega Luis por detrás y le pega con una escopeta en la cabeza.

Llega Julia y coge María en brazos y se dirige a la salida.

Luis le da la escopeta al hombre que lleva a Carlos y él coge al niño y lo apoya en su hombro.

El otro hombre le da a Rosario, la agarra por un brazo y sale corriendo.

Los hombres le siguen cuidándole la espalda.

Se genera una alarma entre los hombre por lo visto en la penumbra.

Pasan corriendo en dirección a la puerta Julia y Luis con los niños.

Empiezan a aparecer los hombres de la Señora Bárbara.

El último de los hombres que va a salir al ver la alarma que se ha generado saca una granada que lleva en un bolsillo y la tira, se escucha el ruido de la espoleta al soltarse.

CLIENTE (V.O.)
¡¡¡granada!!!

Empiezan la gente a correr confusión que aprovechan los hombres y Luis para escapar.

Se escucha el ruido de la explosión de la granada.

Algunas personas se tiran al suelo otras corren de un lado para otro empujándose, alejándose de la entrada que es donde más cerca ha caído la granada.

Están tropezando unos con otros intentado salvarse, empujan a los hombres de la Señora Bárbara que dentro de la confusión tampoco saben que hacer.

Sale la Señora Bárbara de su oficina con una pistola en la mano mirando con desconfianza, se le acerca un sicario para protegerla.

CORTE A.

79. EXT. BURDEL. - MOMENTOS DESPUÉS

Luis y los hombres se suben al coche, Luis va conduciendo, Julia lleva a María con ella en el asiento del copiloto, los otros tres hombres van detrás, uno lleva a Rosario y otro lleva a Carlos.

El coche donde está el hombre de confianza de Roberto, va detrás de ellos persiguiéndolos.

Salen algunos hombres del burdel e intentan subirse a los coches pero ven que están pinchados.

CORTE A.

80. INT. BURDEL. - MOMENTOS DESPUÉS

En la confusión dentro del burdel a la señora Bárbara se le acerca un sicario.

SICARIO 1
Era una granada de humo, se han llevado a las niñas y al niño, están escapando en un coche azul.

La Señora Bárbara saca su teléfono y hace una llamada.

SEÑORA BARBARA
Acaban de asaltar mi local... como lo oyes, fueron los europeos que vinieron a buscar a las niñas, quiero que los encuentres y les haga pagar caro esto... recuerda que no es conveniente que nadie sepa nada de nuestro negocio... dice mi hombre que en un coche azul dirección norte... nos tomaron por sorpresa... recuerda que hay mucho en juego incluido tu cargo... son testigos, peligrosos, indeseables y que nos quieren joder la vida... me gusta que lo tengas tan claro... todo está en tus manos.

CORTE A.

81. EXT. CALLE - MOMENTOS DESPUÉS

El coche donde va Luis con los hombres y los niños se detiene.

CONTRATADO
¿Ya están a salvo?

LUIS
Sí, ya estamos a salvo, por aquí se va a la embajada.

CONTRATADO
Ya cumplimos nuestra parte.

LUIS
Es verdad, aquí tienen la otra parte del dinero.

Le entrega a cada uno un fajo de billetes.

LUIS (CONT'D)
Llévense también todas las armas.

Los hombres cogen todo y se van.

JULIA
Creo que debemos ir para el hospital, veo a los niños muy mal.

LUIS
En la embajada estaremos más seguros.

JULIA
Pero no sabemos que le han hecho a los niños, creo que es mejor ir para el hospital, de todas maneras no se ve a nadie, no nos siguen.

LUIS
Vale.

El coche sale a toda velocidad.

El coche de ellos pasa a toda velocidad y detrás el coche que les sigue del hombre de confianza de Roberto.

CORTE A.

82. EXT. CALLE - MOMENTOS DESPUÉS

El coche dobla una esquina con el hospital a la vista.

En la esquina siguiente aparecen unos coches policías que le cortan el paso.

El hombre que los está siguiendo detiene su coche y hace una llamada.

De uno de los coches sale el jefe de la policía con un altavoz en la mano y se dirige a ellos.

JEFE DE POLICÍA
Levanten las manos y salgan del coche.

El jefe de la policía les habla a sus hombres.

JEFE DE POLICÍA (CONT'D)
Mucho cuidado que están armados, acaban de asaltar un local, preparados, en cuanto dé la señal, disparen, que si nos demoramos, cualquiera de nosotros puede morir.

Los hombres preparan las armas y apuntan hacia el coche.

En el interior del coche Luis y Julia están muy asustados.

JULIA
Y si nos disparan.

LUIS
No creo que lo hagan estamos desarmados, además vamos a salir con las manos en alto.

JULIA
Tal vez somos malos testigos para ellos, si son capaces de hacerle estás cosas a los niños, que le podemos importar nosotros.

LUIS
Pero mientras más nos demoremos, peor puede ser para los niños, por ellos estamos aquí.

Luis se levanta se mueve en el asiento y va a abrir la puerta cuando Julia lo aguanta.

JULIA
Luis, tengo un mal presentimiento, no los veo con buenas intenciones.

LUIS
No te preocupes, salgo sólo yo y me tiro inmediatamente en el suelo.

Luis le acaricia la cara con ternura.

JEFE DE POLICÍA
Salgan del coche.

Se hace un silencio total hasta que se escucha el sonido de la puerta que se abre y el coche se ilumina con la luz interior.

JEFE DE POLICÍA (CONT'D)
Preparados.

Se empieza a ver el cuerpo de Luis que se incorpora.

JEFE DE POLICÍA (CONT'D)
Apunten.

En ese momento se escucha un sonido de ruedas de coches que se acercan.

El jefe de la policía mira hacia los lados.

Empiezan a aparecer varios coches de prensa, empiezan a tomar imágenes del coche y de los policías.

El hombre que esta en el coche y los ha seguido todo el tiempo hace una llamada con su móvil.

HOMBRE
Acaban de llegar a tiempo.

Se escucha del otro lado la voz de Roberto.

ROBERTO
Muy bien, regresa, gracias por todo.

La reportera que estuvo en el registro se acerca al jefe de la policía.

PERIODISTA
¿Qué ocurre capitán?

JEFE DE POLICÍA
Estamos tratando de capturar a un grupo de asaltantes que están armados.

PERIODISTA
No se ve ningún arma en el coche.

Se ve en el visor de la cámara un zoom al coche.

El jefe de la policía respira profundo y mira a su alrededor, al ver tantas cadena de información, se resigna.

JEFE DE POLICÍA
Bajen las armas.

CORTE A.

83. INT. HOSPITAL - DIA

El dialogo final de la secuencia anterior se está viendo en un televisor del hospital, donde están los niños ingresados fuera de peligro.

Julia tiene a Luisa al lado suyo vestida normal.

Acostados están, Rosario, María y Carlos con el pijama del hospital, los acompaña Teresa.

En ese momento entra un hombre de traje.

RAFAEL
Hola.

JULIA
Hola, le presento a Teresa, la trabajadora de la ONG de la que le había hablado, el es Rafael, el secretario de la embajada que nos está atendiendo.

RAFAEL
¿Cómo evolucionan los niños?

JULIA
Bien, han podido contrarrestar a tiempo las drogas que les inyectaron, hay que hacerles un seguimiento para ver si no les quedan secuelas o que se vuelvan adictos.

Julia mira con cara de expectativa a Rafael.

RAFAEL
Lo de su marido los estamos mirando para ver cual es la mejor solución que podemos encontrar, prefiero no decirle nada para no dar falsas esperanzas, espero que me entienda.

JULIA
Sí, lo entiendo, gracias de todos modos.

RAFAEL
Les traigo al menos una noticia alentadora, acaban de cerrar el burdel por las investigaciones, todos los responsables están siendo interrogados, así que Teresa, tendrás mucho trabajo, porque todas las víctimas han sido liberadas.

TERESA
Realmente es una gran alegría que se haya podido desarticular otra banda de prostitución.

CORTE A.

84. INT. PRISION - DÍA

Cuando termina el plano anterior, se ve en un televisor que es un reportaje sobre el cierre del burdel, en el cual Teresa ha dado su opinión.

Luis, sentado en una estación de policía está mirando el televisor y se alegra de lo que acaba de escuchar, en ese momento un policía lo llama.

POLICIA 3
Luis Fernández.

Sale de la zona de descanso de los reclusos y ve a través de la reja a Julia que ha ido a visitarlo.

CORTE A.

85. INT. PRISION - MOMENTOS DESPUÉS

Julia y Luis se sientan los dos en una mesa a conversar en la sala de visitas.

JULIA
Los abogados dicen que te pueden caer algunos años.

LUIS
Mientras menos sean mejor.

JULIA
También dicen que si apelamos a locura temporal por lo que pasó con las niñas te pueden hasta poner prisión domiciliaria.

LUIS
Ya hablamos eso, no voy a decir que estaba loco, para justificar ir a salvar a mi hija.

JULIA
No seas testarudo, estoy segura que a las niñas no les importa que digas eso, es más importante que estés en casa.

LUIS

Pero a mí si me importa, primero porque no voy a renunciar a ser padre y segundo porque esto va más allá de un padre peleando por su hija, es un precedente de mostrar inconsecuencia ante la injusticia con esas niñas, tú llevas dándome ejemplo muchos años, no son las niñas las únicas que aprenden de ti... es como hasta ahora, decimos que te obligué a hacerlo.

JULIA

Después de escuchar esto, quieres que acepte sin más tu condena, eh, cómo crees que me siento.

LUIS

Sabemos que uno de los dos debe quedarse con las niñas, eso está claro, y teniendo en cuenta lo que dice el abogado que todos los testigos sólo se acuerdan de unos hombres que entraron en el burdel, pero nadie habla de una mujer, te llevo ventaja, esta vez me toca a mí ser el héroe.

Julia lo acaricia con ternura.

En ese momento se les acerca Rafael acompañado de otra persona.

RAFAEL

Bendita casualidad que estén aquí los dos, no tienen que preocuparse, por el juicio, después que nuestro embajador habló con las autoridades han decidido retirar los cargos, afuera está el abogado, he venido para asegurarme en persona.

JULIA

¿Cómo?

RAFAEL

Este es un problema en el que hay mucho en juego y muchas personas influyentes pueden salir salpicadas o perjudicadas, parece que algún político también, un escándalo no conviene, por tanto, eres hombre libre, ahora a pensar en las otras cosas, este señor que me acompaña es el abogado para la adopción.

CORTE A.

86. INT. SALA DE JUZGADO - DÍA

En la sala del juzgado, continuando la escena del principio Julia ha terminado de declarar, se hace un gran silencio.

JUEZ
Alguna pregunta más.

FISCAL
No.

JUEZ
Bien, dentro de 24 horas daré mi veredicto sobre este caso para la adopción. Se cierra la sesión.

CORTE A.

87. INT. AEROPUERTO. SALA DE EMBARQUE - DIA

Aparece en pantalla un cártel de "un año después".

Está Julia con toda la familia en el aeropuerto de Colombia.

Por una parte están los tres adultos; Julia, Luis y Teresa separados de los niños.

María y Luisa están un poco separadas de Rosario y Carlos que están conversando.

ROSARIO
Adiós Carlos.

El hermano le da un beso y se abrazan.

Llegan María y Luisa y se unen al abrazo.

Luis y Julia los miran desde lejos emocionados.

MARÍA
Lamento mucho que no puedas venir con nosotros.

LUISA
Después de todo este tiempo alejadas es una pena que hayamos venido para separarnos.

ROSARIO
Teresa me explicó, que no los dejaron adoptar a los dos, porque gastaron mucho dinero para poder rescatarnos... este tiempo juntos Carlos y yo lo hemos pasado muy bien.

LUISA
Por qué has preferido que lo adopten a él.

ROSARIO
Él es muy pequeño, yo ya sé como es esto y como sobrevivir, seguro que a mi hermana le hubiera gustado que alguien de la familia viviera mejor.

MARÍA
Vas a ver que dentro de poco nos vemos.

LUISA
Mis padres inventan algo.

ROSARIO
Me alegro mucho por Carlos, al menos no va pasar por lo que pasamos nosotras, es mejor que se vayan para no llorar mucho.

María coge a Carlos de la mano, que no quiere soltar la de Rosario.

Rosario sin soltar la mano y le hace señas que vaya con ella.

María, Luisa y Carlos dan la vuelta para irse.

Las hermanas se agarran la mano, se miran y empiezan a dar pasos pequeños y despacio, se dicen no con la cabeza aguantando el llanto diciéndose con la mirada que no quieren marcharse.

ROSARIO (CONT'D)
Carlos, pórtate muy bien, ellas seguro van ser unas hermanas que te van cuidar muy bien y unos papás mejor que si los hubiera pedido de regalo, ve con ellos.

CARLOS
No sé que hacer.

ROSARIO
Por qué.

CARLOS
Sé que ellos son muy buenos y yo quiero ir con ellos, pero dejarte aquí solita, quién te cuida ti.

Rosario se repone y le dibuja una sonrisa con la cara llena de lágrimas.

ROSARIO
¿A mí?, pero si sabes lo bien que sé cuidarme, ademas están Teresa, Roberto y mucha gente, ya lo hemos hablado, recuerda, cuando seas mayor puedes venir tú mismo a ayudarme, eso será lo mejor, ve.

Rosario le da un abrazo, cuando se separan, ninguno de los dos se atreve a soltarse la mano, moviendo el cuerpo en el lugar como si quisieran echar andar, pero una fuerza invisible se los impide.

Luisa le hace señas con la cabeza a María que mire hacia adelante para que Rosario no las vea llorar.

Rosario no puede soltar la mano del hermano y comienza a llorar aguantando el llanto.

De pronto las tres al mismo tiempo corren a su encuentro y se funden en un abrazo llorando, quedando Carlos en el centro de las tres.

Desde la distancia Julia, Luis y Teresa las miran llorando sin saber que hacer.

Teresa rompe la inercia y va hacia el grupo y las separa.

Rosario se queda con Teresa.

Julia y Luis se acercan a las niñas y Teresa.

LUIS
No podemos demorarlo más, creímos que sería posible, pero no nos queda más tiempo.

Cogen a María, Luisa y Carlos por un brazo y salen caminando sin mirar atrás.

En el momento que van a cruzar la puerta de embarque una mano los detiene, se giran, es Rafael que llega sofocado con unos papeles en la mano.

RAFAEL
(habla entrecortado)
Aquí están todos los papeles.

JULIA
(emocionada)
De verdad, es posible

Las niñas se cogen las manos con alegría contenida.

RAFAEL
Sí, han aprobado todos los papeles para que lleven a Rosario a una casa de acogida, se puede ir con vosotros.

Julia María y Luisa empiezan a saltar y gritar de alegría.

A Luis le corren la lágrimas por la cara, habla con Rafael.

RAFAEL (CONT'D)
Estos son los papeles de acogida, estos los permisos de viajes, el pasaporte y el billete de avión, todo lo necesario.

Se acerca Teresa con Rosario que no entiende bien lo que pasa y lo mira todo sin saber, Teresa le habla llorando de la emoción.

TERESA
Te puedes ir con ellos...

Rosario se queda parada en el lugar porque no se lo cree y se le dibuja una sonrisa nerviosa

TERESA (CONT'D)
... de verdad puedes ir con ellos.

Rosario empieza a gritar y a llorar y corre para la zona de embarque.

El vigilante de la puerta se pone delante para no dejarla pasar y son María, Luisa y Carlos quienes lo empujan por detrás y salen de la zona de embarque para abrazarse con Rosario y empiezan los cuatro a gritar y saltar de alegría.

Julia corre hacia el RAFAEL dándole un abrazo muy fuerte y llorando.

JULIA
Muchas gracias.

Luis le entrega los papeles al vigilante de la puerta le habla a Rafael.

LUIS
Pero después que se acabe el tiempo de acogida que pasará.

RAFAEL
No sé, pero en este tiempo se puede tramitar de nuevo el proceso de adopción y desde allá hay más posibilidad que se lo concedan, pero por ahora estarán todos juntos.

Los niños y Julia siguen gritando y saltando de alegría.

Los seis entre llanto y alegría entran a la sala de embarque diciendo adiós a Rafael y Teresa.

CORTE A.

88. EXT. AEROPUERTO DE COLOMBIA - DÍA

El avión despega y se aleja de la tierra, cuando esta en la altura, se ve el planeta y se escuchan voces de niños en distintos idiomas diciendo: "Ayúdame María" en varios idiomas desde distintas partes del mundo.

FIN.

www.ingramcontent.com/pod-product-compliance
Lightning Source LLC
LaVergne TN
LVHW050317160826
845677LV00014B/3447

* 9 7 9 8 8 4 3 9 8 8 2 6 5 *